文芸社セレクション

今でも愛してる

相楽 明美

SAGARA Akemi

文芸社

目次

◇序章◇

彼は突然、私の前から消えていった。私を残してあちらの世界に駆け足で行ってしまったのだ。何もそんな急いで逝くことはないのに、あっという間だった。まだこの先もずっと一緒にいられると思っていた。それなのに、私の知らぬ間に姿を消してしまった…。

一人涙しながら、約束していた場所に二人で手を繋いで朝日と夕日を眺めている光景を何度思い浮かべたことか…。涙が流れる度、悔しくて寂しくて愛おしくて心が張り裂けそうになる。

亡くなったと知らされた時、脳震盪を起こしたようにふらつき、暗闇の世界に急に放り込まれた感じだった。そして閉ざされた部屋にポツンと一人うずくまる自分が浮かんだ。

帰り道、重たい足を引きずるように建物の壁や柱を頼りに泣きじゃくった。「どうして…嘘でしょ…何でよ…私を一人にしないでよ…」道行く人々の驚くような目線を感じたけれど、そんなことはどうでもよかった。『私をどう見ても構わないから彼を返して…。誰か、助けて…』人生でこんなどん底を味わわせるなんて神様は酷過ぎる。私が我儘過ぎたから？　そうであっても、罰の与え方は他に幾らでもあるのに、彼を連れてゆくことだけはしないでほしかった。

思い起こせば彼と過ごした日々は本当に幸せだった。絶対的な安心感と幸福感に包まれ、強くもなれた。喧嘩したことや色々な所へ二人で出掛けたこと、時間が少しでもあると携帯で彼を誘い喫茶店でお喋りをして過ごしたりしたことが走馬灯のごとく、次々と思い出される。その度に大粒の涙が零れ、反省と後悔がまた寂しさを呼び寄せてしまう。いつになったらこんなループは終わるのだろうか。私は何て馬鹿だったんだろう…。もう戻ってこないと分かっていても『神様、どうかお願いです、二度と我儘は言いません、土下座もします。一日中雨に打たれても、ビンタを食らっても、鞭に打たれても何でも構わない。彼が戻ってくるなら何だって耐えられるから…。だからどうか彼を私の元へ戻して下さい。彼が戻って来てくれるなら私との記憶を全て消しても構わない。また出会って最初から思い出を作ってゆくから。兎に角、彼を

あの頃が愛おしくてたまらない…。相談や愚痴もたくさん聞いてもらった。涙と鼻水でぐしゃぐしゃになった顔も、飲み過ぎて嘔吐した時もいつも優しい眼差しで包み込んでくれた。愛していれば恥ずかしさなんてなくなる。もう彼以上の人には出会え

ないという予感は、彼という素敵な贈り物をくれた神様が「最高のものをもらったでしょ、これからは反省と共に学んだことを活かしてゆきなさい」と言われている気がした。でも当時はそんなこと微塵も思えなかった。

　亡くなってから数年経つ今も彼に心からの感謝を伝えている。いつも一緒にいて、たくさん支えてくれて本当に有難う…。あなたが傍にいてくれたから私は生きてこられた。恋愛に疎い私の心に彼がそっと火をともしてくれた。その共にいた7年あまりを思い返す。

◇縁◇

昼間の仕事を終え、週2～3回スナックでバイトをしていた。そこは都心の歴史ある街のメイン通りにあり、ママと2～3人の女性達が集う小さな城だった。周辺にも幾つかクラブやスナックが点在し、平日の夜にもなると飲食店の明かりも加わり蛍の様に道を照らしていた。メイン通りの坂道は雑貨屋やお菓子屋、飲食店、アパレルが立ち並び、寺社も散在しているお陰で休日にもなると買い物客や観光客で賑やかな街となる。徐々に昔ながらの風情は失われつつあるけれど、横道にはまだ残されているところもある。そんな道へ迷い込むと大正・昭和初期を思わせ、木造の建造物はどこか温もりを感じさせた。

坂を登りきると、向かうスナックのビルが見えてくる。そこはママのお客が主で、中には騒がしいお客もいるけれど大半は穏やかでお酒と会話を楽しんだり、カラオケを満喫したりとマナーあるお客が多く、安心で働きやすかった。店内は小奇麗でギラギラした感じはなく、お酒はあまり飲まなくても煩くなかった。

入って何日か経ち徐々にお客や雰囲気にも慣れ、少し楽しくなってきた。バイトの日は昼間の仕事が終わると足早に向かい、ビルが見えてきた辺りから気持ちを切り替える。昼間と真逆の世界ゆえに緩んだ人間の姿に水割りを作りながら勉強になっていた。ここは人間の本性のさらしあいと日々の鬱憤晴らしが横行する憩いの場なのかもしれない。会社のこと、人間関係のこと、パートナーのこと、趣味の話、自慢話、ペットの話、些細な出来事など、ここでは小さなことから何でも優しく受け入れ、共感し合い、時には言い合ったりして楽しんでいる。くだらないと思うことでも、全ては生きている証なのだから色々な人生や考え方が聞けて損はなかった。手元がパソコンからマドラーに変わる頃、ここでのドラマがそんな風に繰り広げられていった。

「おはようございまーす」挨拶はそこそこに着替えを済ませ化粧は昼間のままでお店の準備を手伝う。

「こんな感じでチャーム（おつまみ）を4つ作ってくれる？　それと、そこのウイスキー拭いて棚に並べておいてね」

「はーい」お安い御用。一段落してソファに座るとママの雑談に付き合いながらお客を待つ。そのうちにドアの向こうで騒がしい声が聞こえてくると、3～4人の客が気分よく入ってきた。その中で一番背が高く帽子を被った人が私の目に飛び込んできた。その人は中折れのフェルトハットがよく似合い、つばが広めで全体をエレガントに見せていた。

フェルトハットの人は笑顔で私の前を通り過ぎ、ソファへ座った。一目惚れとまではいかないけれど、何となく気になる存在。尤も、恋愛に関してあまり積極的ではない自分だから、いつも見ているだけでよかった。恋愛に疎いというより、ただ単に恋愛下手だということなのかもしれない。そんな私が一人の男性にこれまでにない引力で惹きつけられてゆくなんて、今思い出してみても遠くを見詰めるように懐かしい気分になり、本当に素敵な出逢いだった。

バイトの日にたまたまお店に来た人に何となく惹かれ、何となく流れに任せるように席に付き、何かを感じたのだから。偶然は必然と言うけれど、今では本当にそう思える。この偶然と言う奇跡は知らぬ間に私の中で芽吹き、蓮の花の如く蕾をポンとはじくように小さな音を立てて開いのだった。

この瞬間、二つの車輪が軋む音を立てながら噛み合い、運命の輪が動き始めたのです。

程よくお酒が入り会話も弾んだ頃、お客の一人がカウンターで私にこっそり言ってきた。

「あの人、この中で一番年上。こんなこと知れたら怒られちゃうけどね」

後ろを向き楽しんでいるフェルトハットの人を見て、『ふーん』と思いながら全然気にならなかった。寧ろ、フェルトハットがよく似合っていたから一見すると、お酒落なちょい悪オヤジに見えていた。年齢は単なる数字にしか過ぎない。

深更になると一組、また一組とお客が帰ってゆく。フェルトハットの一団も帰り支度を始め、「そろそろ…」と立ち上がると、ママが「あら、もう帰っちゃうの」と最後の接待をする。

出会った初日、フェルトハットの人とは会話をせず様子見で終わってしまった。


どのくらい振りだろうか、夜遅くフェルトハットの人が一人でやってきた。丁度お客がいなく、ソファで各々くつろいでいたから急にドアが開くものだから慌てて靴を履いた。

立ち上がると「あっ」となった。ママは急ぐでもなく、ゆったりと出迎える。

「あら、松浦さん、いらっしゃ～い」

フェルトハットの人はニッコリしながらソファに座った。前に被っていた帽子とは違うものを被っていた。やっぱりお洒落だ。テーブルにセットを置き、棚にずらっと並べられているボトルに迷っているとママが後ろからささやくように言ってきた。

「ううん、そっちじゃないの。こっちの」まるで馬の鼻先に人参をぶら下げるが如く、甘く誘い込むように聞こえた。こういった女性はそんな風にして、恋の駆け引きを楽しんでいるのだろうかとふと想像してしまった。

私はそのささやきに対して簡単に返事をしてボトルを手にテーブルに戻った。水割りを作る。そのうちママと更に口紅が濃くなった女性達も集まり、テーブルが一気に華やいだ。

女性達は次々に会話を持ち出し盛り上がってゆく。そんな中、置き去りにされた私は、ただフェルトハットの人だけを気にしていた。それだけで充分に楽しく、こんな気持ちは初めてだった。もしかすると、既に恋は始まっていたのかもしれない。

フェルトハットの人はあまり喋らず、笑顔で相槌を打ちながら柔らかな口調で片言入れるだけ。その雰囲気には品があり、輪の中にいるだけで和やかな気持ちになれた。ママの会話術はいつも凄い。会話とカラオケの橋渡しがスムーズで、お客のあしらいに常々感心していた。ママはそれぞれの好みや歌う曲を覚えていて、タイトルを言うと私に番号を打てと合図をしてくる。この時と歌っている時の合いの手が私はとても苦手だった。心の中で、この手拍子は本当に必要なのかと思っていた。却って店の品格が安っぽくなって場末のスナックになるのではと思えてならなかった。それでもこの店のやり方だから従うしかないと、いつも渋々だった。

女性達はフェルトハットの人におねだりをするように歌のリクエストをしていた。

「松浦さ〜ん、これ歌ってくださいよ。お上手じゃないですか」

私はその様子を冷静に観察しながら自分も女ながらに女性の演技は怖いなと思った。

数時間の楽天地に、どこか馴染み切れない自分が時折、嫌だった。だったらやらなければいいけれど、効率よく稼げるのは間違いなかった。だからバイトという線引きを強くし、根底では現実的な自分がいつも冷やかな目で周りを見渡していた。勿論、生業としている人達は沢山いる訳で、これはこれで面白い世界で夢を与える商売だと正直に言える。それに少なからず楽しんでいる自分も確かであるから、切り替えを上手くやるしかないのだ。

フェルトハットの人は薄い笑みを浮かべて女性達のリクエストに素直に応え歌っていた。その様子を見ながら何か惹き付けられるものを感じる自分に久し振りのときめきがあった。心の奥でソワソワが止まらない。

カラオケで盛り上がっていると、遅い客が訪れてきた。店内は少し慌ただしくなり、小さな店が一気に活気付く。私はこのままこのテーブルに座っていたかったからママからのテーブルチェンジが飛んでこないよう祈った。あまり減っていないグラスに無理に水割りを作ったり、話に夢中と見せかけるための仕草を取ったりして、このテーブルでの忙しさをアピールした。

思惑は成功。新たな席には呼ばれなかった。ママは専ら新しい客のところへ移動し、これで暫くフェルトハットの人の近くに居られると安堵した。胸内ではその気持ちはおくびにも出さず、一客に対する対応を心掛ける。

団体客の笑い声とママの話し声を背中で感じながら気持ちは目の前のフェルトハットの人でいっぱいだった。傍に居る、ただそれだけで満足だった。時折、陶酔感を断ち切るように後ろの大きな笑い声が邪魔臭く、雑音でしかなかった。出来ることならクラシックが流れる場で彼の飲んでいる姿や口を付けたグラス、手、目、柔らかい声、喋る口許、小さな仕草といったありとあらゆる手がかりをいい具合で見届けていたい、そんな気分だった。

騒がしい中、フェルトハットの人が歌う曲が流れ始めた。平然を繕ったけれど気持ちは隠せないもので、浮かれ過ぎていたのか、イントロが流れ始めると妙なことを口走ってしまった。

「さぁ、お歌を歌いましょ」

「はっはー。お歌、だって。そんな風に言うのって、おっもしろい」

一瞬、何が可笑しいのか分からなかったけれど、『お歌』の言葉にドキッとした。もしかして、これか…!? 急に恥ずかしくなり、『ヤバイ…何言ってんだ…馬鹿丸出しだ…。変な人だと思われる。失敗した』心中、違ったドキドキがしてきた。そのまま黙っていればよかったと後悔した。

何故、普段使わない言葉が出てしまったのかと、自分のはしゃぎ過ぎに呆れた。無意識に爪痕を残そうとする行為は痛ましくなることを知った。

しかしそんな私を気にも留めず、フェルトハットの人は歌に夢中だった。気持ちよく歌っている姿を見ていたら、何だかどうでもよくなり、気にし過ぎかもしれないと思い直した。

けれど、そんなに笑わなくてもいいじゃない、と心で少し不貞腐れた。

ふとテーブルの上に置かれた携帯が目に入った。『伝えよう…この機会を逃しちゃいけない…』何だか後ろから言われているような気がして、操られるように携帯を取り、番号を入れた。

「はい、これ私の番号」フェルトハットの人は番号を見ると直ぐに閉じ、そのまま何事もなかったようにカラオケの続きを楽しんだ。『!?…』素っ気なかったけれど、緊張の方が勝っていて、その場を繕いながらドキドキが止まらなかった。自分がこんな大胆になるなんて初めてのことで、何で出来たのか今でも分からない。きっと神様が『大丈夫だからお行きなさい』とポンと背中を押してくれたのかもしれない。

神様が与えてくれるものは試練が多いけれど、頑張り次第で稀にご褒美をくれるのだと、この頃を思い返しているとそんな風に思え、感謝の気持ちが湧いてくる。

これは言うまでもなく、神様からのプレゼント。今も今後も変わらない生涯でたった一度の最高の宝物。さて、私が何を頑張ったのか、神様に聞いてみたい。

その夜は十一時でお店を出て急ぎ足で電車に乗り込んだ。騒めく電車の中で久し振りに心が華やいだ。いつもなら早く眠りに付きたいと思うばかりだけれど、この日ばかりは番号を渡したこともあって、目が冴えて眠れそうになかった。

番号を渡してから数日後、フェルトハットの人から電話が掛かってきた。普段はあまり着信音が鳴らないから、鳴った瞬間、ピンときて胸が膨らんだ。にしても、あの反応からは思いも寄らなかったから驚きもあった。けれど本音を言えば、少しは自信があった。『お歌』には失敗したけれど、何となく掛かってくるという勘がどこかで働いていたのは、女の直感と言うのかもしれない。

番号を見て急いで出た。細かいことは覚えていないけれど、兎に角、嬉しかったことだけは鮮明に覚えている。

電話を切ってから、これからいいお付き合いができたらいいなと携帯を胸に当てながら思った。『この人は大丈夫…』という神様からのお墨付きも含め、初めて積極的な行動ができた裏付けにはきっと運命という言葉がぴったり。

それから電話をし合うようになり、仕事中にもフェルトハットの人のことを時折、考えるようになった。勝手に盛り上がっていると仕事も楽しくなってくる。恋は日々を充実感で満たしてくれる素晴らしいもの。

フェルトハットの人はいつしか私に魔法をかけたのだ。そして、しばらくして食事に誘われる日がやってきたのだった。

初めて二人で食事をした場所は新宿にある彼がよく行くお店だった。そこへ彼はランチにも度々足を運び、常連客と「最近はどうですか…」と適度な距離でランチビール片手に世間話をしたり、誰もいない時はお店のスタッフにランチをご馳走したりするという。

カジュアルなそのお店は昼夜共に幅広い年齢層が集まり、夕方になると、その日の疲れを癒しに人々が集まってくる。一階は半円のカウンターがあり、彼はカウンター席の端の外が眺められる席が一番のお気に入り。人通りを眺めながら飲むのが楽しいと幾度目かで教えてくれた。

初めて二人で行った日は生憎混んでいて、出迎えてくれた店員が親しげに笑顔で挨拶をし、「今日はご免なさい、二階でお願いします」と窓側の席へ案内された。彼はニコッとして、一階のフロアを一瞥し、流れるように階段の方へ体を傾けた。

席に付くと彼はメニューを開かず先ずウェイターにビールを注文した。

「私も同じもので…」少し慌ててしまった。こんなことにあまり慣れていない私は、この時間を彼に委ねることにした。

彼はやっぱりベラベラと喋らず、いい具合で会話をしてくる。沈黙が続いても動じず、どこか大人の余裕が見えた。それでいて飄々としている彼は捉えどころがなく、更に惹き込まれてしまった。ミステリアス性に心が奪われてしまうのは性分なのか、難問を解き明かす快感に似ている。今この瞬間、彼は何を考えているのだろうと探るように目をちらつかせた。

ウェイターは忙しいようでグラスに注がれたビールを置いて、すぐに去っていった。目の前に置かれたビールを泡が新鮮なうちに口を付けた。こんな時は余計なことを考えてしまい、頭の中で会話の選別が始まると、余計に話が出てこない。まるで水面下で絶え間なく水掻きをしている鳥のようだった。

窓に映る彼の横顔を見詰めながら、落ち着いた振る舞いの余裕さと経験の豊かさに見惚れながら、これからの行く末を少し思った。

「名前は何ていうの？」

お店ではママは松浦さん、一緒に飲みに来ていた友人達はまっちゃん、と呼んでいたから名前は知らなった。

「ヒデカズ」

彼は何のためらいもなく答えた。

「じゃあ、ヒデさんでいい？」

彼は静かに頷き、柔らかい口調で「いいよ…」と。

少し距離が縮まった感じがした。

注文した料理が会話を遮りながら置かれる度、彼の仕草に微笑む。初めての二人での食事は終始緊張がほぐれず、スナック以外で見せる彼の顔に夢中だった。

お店を出てから彼が会計をしている間、肩の力が少し抜けた。食事はとても充実していたけれど、やっぱり初めての食事は何かと気を使ったり、余計なことに思考が巡ったりするせいで、ここで漸くまともな呼吸が出来た。

外の空気を浴びながら肺の中を一掃するように深呼吸する。目の前の木を見て吸うと何だか浄化された気分になった。

それから二人で歩き出すと、どちらからともなく手を繋いだ。初めて触れる手に一瞬、驚いた。彼の手は温かく、柔らかだった。男性の大きな手は何だか安心する。少し私を引っ張ってくれている感じがして、勘違いでも勘違いのままでいたかった。そして気が付かれないよう、ほんのちょっと彼の方へ寄り添う。このまま寄り掛かってしまいたくなる…。だけれどそんな勇気もなく、握っている手の温もりをしっかりと味わうのが精一杯だった。火照った顔に夜風が気持ちよく、このまま二人で新宿を散歩して少しでも長く一緒に居たかった。駅が近付くにつれ、この手があと数分で離れていってしまうのかと思うと最終電車がうらめしく思えた。

新宿駅は人間の層が変わるだけで、相変わらず夜も人は多い。人の群れや客引き、酔っ払いを避けながら彼の先導で駅に近付いてゆく。

改札口を通過し、手を振りホームへ向かう。背中が何かを感じた気がして後ろを振り返ると、彼がまだ改札口で立っていた。『あっ、まだ居てくれている…。彼がいいかも…』私の恋心が鷲掴みにされた。出会った頃からこの日まで揺れる気持ちがピタッと定まった。

パズルの最後のピースは彼が持っていたのだった。今でも改札口に立っていた彼の姿を思い浮かべると懐かしさがまた涙を運んできそうになる。

それからは二人で度々、出掛けるようになり、新宿御苑や色々な所へ飲みに行ったりした。日中の光を浴びながら二人で歩くことが新鮮で気持ち良かった。彼は木々や草花、その場の様々な香りを存分に味わっているみたいで気持ちよさそうだった。そんな彼の様子に、一緒にいていいのだと少し自信が持てた瞬間だった。

ある日、彼からビタミン剤をもらった。不思議で可笑しかった。だからといって別に変だとは思わず、寧ろ、想像もつかないことをする彼が魅力的で益々興味が沸いてきた。今思えば彼らしいけれど、当時は変化球を投げつけられた感じで『やっぱりこの人はただ者ではない』と、一人で心が弾んでいた。

「これ、飲むといいよ」

真面目な顔をして箱ごと渡してくる彼。面白い人だなと笑顔で受け取る。

「有難う」

帰りの車中で箱が気になり、四角い面を転がすように見ていると送り先住所の伝票がまだ貼り付けられたままだった。見てみると名前の箇所に漢字で「松浦純一」と書かれ、「ヒデカズ」とは読めなかった。…苗字は合っている…もしかして、嘘をついていたの…。私を信用していなかったの…。だって私はもうこの人に決めたんだから今更何なの？

新宿御苑に行った時のことや色々なところへ飲みに行った時のことが急に馬鹿々々しく思え、信じていた自分が情けなくなった。裏切られた…彼の目的は何なの？　怒りがこみ上げ、車中にも拘わらず携帯に直ぐ手が伸び、画面を押す指に苛立ちとうろたえがあった。

「さっきもらった箱に違う人の名前があるんだけど」

電話口から彼の気まずそうな顔が浮かぶ。荒らげず、やや強い口調で言い放った。

「私に嘘付いてたの。……もういい」

「…俺たち、そんな仲だったの」

落ち着きのある声にも慌てている感じが伝わってきた。必死に強がる様子と、後ろめたさからの弱々しさとが交互する感覚が入ってくる。

「そうね…。だって嘘付くから…。なんで嘘付くの」

自分から口火を切っておきながら、これでもう終わりかと思った。彼は数秒経ってから答えてきた。

「分かった…言うよ」

「名前は？」

「純一」

言い訳もせず直ぐ答えてくれたことに、これ以上、理由を聞き出したり攻めたりする意欲が一気に失せた。私もこれで「はい、さようなら」とは言えなかったのが本音。

優しさと独特な雰囲気を持つ彼が恋愛下手の私を病みつきにさせたのだから、別れる選択肢なんて更々なかった。思っていることと言葉がちぐはぐなことは分かっているけれど、名前くらいのことでどうして嘘をつくのか。もしかして私を疑っていたのかと思うと心外だった。それでも彼が気になる…。

いつしか始まっているこの恋は、もう止められない領域に入ってしまったのだ。しかしこの一件以降、彼は私に嘘を付くことはなかったと記憶している。いくら私の恋愛免疫が弱くても、女の勘は働くもの。それでももし嘘を付いていたとしても、やっぱり離れたくない…。もう彼の虜になってしまったのだ。

仲直りはいつの間にか終わっていて、またいつものように二人で過ごしていた。

再び穏やかな日が続く中、夜のバイトが徐々に怪しくなってきた。私の何かが気に入らなくなったらしく、ママとの仲が険悪になっていった。勿論、彼と外で会っていることはママには知られていないし、彼もそれは暗黙の了解だった。

バイトの日。お店に入っても私を無視するようになり、ある時には、店に入ると誰もいなく買い物だろうと支度を済ませて待っていると、ドアの向こうで女性の甲高い笑い声が聞こえてきた。勢いよくドアが開くと、ママと店の仲の良い女性が私に鋭い視線を一瞬飛ばし、私の存在を無視するように挨拶もせず会話を続けながら入ってきた。どうやら食事に行ってきたらしい。香水と共に嫌な空気が立ち込めた。我慢をしたけれど、こんな日が続き、辞める気持ちが心の大半を占めていった。

そんな憂鬱な日か続いたある日、エレベーターが開くと、お店の入り口に私の洋服が掛かっていた。辞めてほしいなら口で言えばいいのに、ここまでしなくてもと思った。即決、これで決まった。

彼にお店を辞めることを伝えると、「そう」とただ一言だけ。続く言葉を求めたけれど、何も言ってくれそうにない彼を見て、たまりにたまった思いをぶつけた。惜しさと悲しさで愚痴っぽくなった話に彼は困った顔や飽きた顔もせず、ただ黙って最後まで聞いていてくれた。

一気に吐き出しても私の興奮は収まらず、彼から何かしらの言葉を求めるように少しの甘えと不貞腐れた口調で再び問いかけた。

「ねぇ、どう思う」

彼は考えるようになかなか言ってこない。根掘り葉掘り聞く彼ではないことは分かっていたけれど、辞める理由が気にならないのかと不思議だった。たとえ気にならなくても、慰めや私の興奮を宥める気の利いた言葉はないのかと悶々とした。

肝心な時くらい優しく包む言葉が欲しかったけれど、安易に言葉は発しないところが彼の思慮深さと生き様が物語っていた。彼の哲学を見せられている様でもあった。

この時のことを振り返ると、面倒な顔を一切せず最後まで聞いてくれていたことが本当に救いだったのかもしれない。それが分かった今、下瞼が熱くなり感謝が尽きない。

結局、お店との付き合いは約半年でお別れとなり、それから二人の物語が本格的に始まっていった。手を繋ぐことも、目が合うことも、会話だって次第にどこにでもいるカップルそのものとなってゆき、ぎこちなさはいつの間に消え去り、二人でいることが本当に幸せだった。

あの時の嘘の一件は良い思い出の一つにしか過ぎなく、もしかすると神様が様々な出来事を通して本当の愛や大切なことを教えてくれた一幕だったのかもしれない。あの時、別れられなかったのは彼の誠実さもあるけれど、心の奥深くにある何かが既に強く結びついていたと思う。これからもずっと一緒にいたいと心底思った。

強く思う分、喧嘩もした。慣れてゆくうちに甘えや我儘を言い、たくさん困らせた。子供みたいだった。いや、子供より扱いづらかったと思う。そんな私にずっと寄り添ってくれた彼に、今でも『本当に有難う、ずっと愛しているからね』と毎日、呟いている。

◇始◇

お互いに信頼を感じてきた頃だろうか、私から「今度、うちに来る?」と誘ってみた。彼はあまり表情を変えず、「うん」と頷いてくれた。

それから数日後、彼と一緒に今度は私の先導で行く。

都心から少し離れた下町までの道のりを電車に揺られながら旅路の気分だった。車窓からの風景は高層ビルを過ぎると川を渡り、河川敷には野球やボール投げをしている子供たちが小さく見える。広がる穏やかな住宅地は安心感を与え、自然と力が抜けてゆく。ガラス箱が並ぶ無機質な場から離れ、長閑な風景を境に心が休まってくる。

彼は窓からの風景に釘付けになって、珍しいのか懐かしいのか、その表情が少年の様で微笑ましかった。

駅に着いた。この街は彼の住む都会と比べると華やかさはなく、日中は静かでのんびりしていて、昭和の下町風情を感じる街並みがあった。老舗の飲食店や程よい商店街もどこかくたびれた感じがするけれど、人は温かく話しかけやすいところ。

時季になると有名な花の祭りが開催され、駅周辺は一時的に賑やかになる。生活面では近くにスーパーやクリニック、病院、公園、コンビニもあり不便はなく、ここはここで良かった。

彼は興味津々に街の風景を見渡していた。何だか自分の体をジロジロ見られているようで恥ずかしくなり、彼の手をグイっと引っ張った。

駅から徒歩12～13分のところに住む家があり、途中には猫がたくさんいる道を通る。この道を「猫ロード」と勝手に名付け、『今日もいるかな…』といつも愉快に、たまに猫に話しかけながら通っていた。

「何だこれ…。野良猫…?」

彼は驚いて笑っていた。

「多分ね、でもここの家で餌を上げているみたい。なんか、どんどん増えちゃう感じ」

「へぇ～面白いね」

この猫ロードを通り過ぎると、間もなく我が家へ到着する。

家に着くと、部屋全体を見回す彼。程なく表情が緩んだことに安心すると、上着を預かりハンガーラックに掛けた。

「そこに座って」

「あー着いた、着いた。結構、乗り換え大変だね」

都心に住む彼には乗車時間の長さと始めて来る場所に少々疲れたのだろう。暫く家でさっきの猫の話をしたり、この街のことを話したりして時間を過ごした。夕方になり、駅周辺のお店で食事をすることにした。

通り掛けに見た店に行ってみようということになり、再び二人で来た道を歩く。またあの猫ロードが見えてきた。

「あれっ、さっきあんなにいた猫は？」

「よく分からないけれど、夕方になるといなくなるんだよね。…家にでも帰るんじゃない」

彼が笑っている。私も彼につられて笑う。

閑散とした猫ロードは夕方を境に何事もなかったかのように静かな住宅街に戻っていった。

店に着くと二人で外観を見渡した。下町にしてはオシャレな感じがする中華屋だった。いつも通り掛けに見ていたから知ってはいたけれど、入ったのは初めて。

内装や漂う匂いからオープンして間もないように見え、床も綺麗だった。

時間が少し早いのか、お客はまだ誰もいなく、厨房から中年の女性がひょっこり姿を現してきた。少しふっくらした人でエプロン姿が下町っぽく飾らない感じがいい。

「いらっしゃいませ。お好きな席にどうぞ」

言い終えると愛想を振り撒くでもなく、そそくさとまた厨房に戻っていった。他に従業員の気配はなく、奥から聞こえてくる片言が、ご夫婦でやられている感じだった。

適当にテーブルを選び、置かれていたメニューを覗き込むように目を落とした。

最初のオーダーは決まってアルコールから始まる。

彼はお酒が大好きで必ず最初に注文するのがお決まり。このパターンに大分慣れてゆき、私も一緒に選んだ。

「まずはビールにしようか」私は笑顔で頷いた。

彼が女性店員に飲み物を伝えると、程なく瓶ビールとグラス2つが運ばれてきた。

最初の一杯は格別に美味しい。

「ふぅー。何さぁ、何食べようか」

どれも美味しそうな料理名で目移りしてしまった。

料理が次々に運ばれ、箸を進める彼は満足そうだった。彼のそんな笑顔を眺めていたい。いつしか私の心に穏やかな風が流れていった。

彼と出逢ってからは嫌なことが少なくなった気がする。彼は私の救世主となって迷いの淵から救い出し、創造の世界へと誘ってくれたのだった。世界が広がった感じで、怖さも恐れもなくなった。それだけ彼の存在が私の中に聖水となって浸透していった。

これまでも色々な所へ二人で出掛けたけれど、新鮮さは抜けきらない。恋のラビリンスにずっといるようで、その頃の私は不思議の国のアリスみたいだった。白ウサギに付いて行き、様々な体験をしてゆくことで新たな世界を知っていった、そんな感じがする。

彼はまたメニューを開け、お店の人を呼んだ。

「すみません、紹興酒ください」

女性店員は慣れた接客で快活に答える。

「飲み方は？」

彼もまた慣れた様子で答える。

「常温で」

小瓶の紹興酒とグラスが1つ運ばれてきた。

私は紹興酒に興味が沸き、味見程度に飲んでみたくなった。

「紹興酒って美味しいの？」

「飲んでみる？」

「うん、少しね」

厨房の方へ消えていった女性店員を再び呼んだ。

「グラスをもう1つと、あとレモンありますか」

「ありますよ」

奥の方で「カットレモンお願い」とさっぱりとした口調が聞こえてきた。厨房からは「あいよ」という低い声と共に鍋を振る音が食欲をそそった。

女性店員はレモンとグラスをポンと置き、「はい、どうぞ」と言って厨房へ急いで戻っていった。

「レモンを入れると飲みやすくなって美味しいんだ」

自分好みの飲み方を教えてくれ、私もその飲み方で嗜んだ。今日も彼をまた好きになる。

お腹も気分も満たされ、お店を出る。外は既に暗く、住宅街に灯る街灯が道先案内となって二人でフラフラ歩き、いつの間にか彼の温かい手を握っていた。

再び猫ロードに差し掛かると食べかすのキャットフードが散乱し、猫たちの食べっぷりが窺えた。

家に着くと、満たされた体を二人でソファに預け、一息付いた。テレビはＢＧＭの役割でしかなく、さっきの中華屋の話や他愛もない話で時間はあっという間に過ぎていった。時間は平等に流れているのに、彼との時間は何だか早く感じる。時間よ、二人でいる時はもっともっと遅くなれ…。

「そろそろ帰るよ」

「うん、そうだね」

本当はもっといて欲しかった。立ち上がった彼の背中に向かって、また直ぐ会えるのだからと寂しさを紛らわせる。

「駅まで私も行こうか」

「いいよ、行けるから、ここでいいよ」

残念だったが、頷き手を振った。

「じゃあね、また電話してね」

「うん、分かった」

彼は帰宅の人々と逆走するように都心へと向かっていった。

彼への思いが増すばかりで、いつも考えてしまう。久し振りの恋に、しかもこんなに夢中になってしまうなんて。まるで遅い初恋で、本当にこんな気持ちは初めてだと改めて思う。どこかである言葉を読んだ。『人が心から恋をするのはただ一度だけである。それが初恋だ』噛みしめるように小さく頷いてしまった。この後に付け加えるなら、『その初恋が愛に変わる時、死をも覚悟できるか。それが出来たら、その初恋は元々運命に繋がっていた恋』ロミオとジュリエットが直ぐに思い付いた。

そして、こんなことがふと思い出された。付き合って大分時間が経った頃、何もかも嫌になった時があり、「純さん、一緒に死んじゃおっか」と言ったことがあった。彼には「俺はまだまだ生きるも～ん」と軽く流された。少年のような言い方をする彼に私は短く笑い、霧が一気に消えていった。彼には何度も救われている。

　またいつものように新宿で待ち合わせ、食事に行った。もう何回目になるだろうか、二人でいることに大分慣れてきていた。待ち合わせ場所に向かう時はいつも彼の顔を思い浮かべながら『今日も会える…』と心の中で歌いながら足取りが軽かった。待ち合わせ場所に着くと急いで彼を見付け、いつもの柔らかい表情と口調が私を慰めてくれた。

「今日は前に言っていた俺の出身地の料理とお酒を出す店に行こうと思って」

「いいね、楽しみ」

　私は出身地という響きが無性に嬉しかった。また一歩、彼に近付いてゆく気がした。いや、彼の奥深くに入ってゆくみたいで、そのまま彼の瞳を暫く見続けていたかった。

　今日の宴の場が決まると、乾ききった喉を早くアルコールで潤そうと先を急ぐ。四六時中、人混みの新宿は危険と娯楽が調和している場所。そんな街を平然と、すり抜けるように彼は歩いてゆく。少し引っ張られるように彼の手を握り、あちこちで聞こえてくる荒々しい声や威勢のいい声、妖艶な甘いささやきのどれもがこの街を象徴しているようで、光と闇の狭間にいるようだった。日中は高級デパートや量販店の買い物客、映画を楽しむ人々で活気付き、日がすっかり沈んだ頃になると、歌舞伎町の重鎮をたっぷり感じるゴールデン街とその周辺が眠らない新宿を引き継いでいる。

色恋と文化人の匂いが漂い、知らない場で色々なことが起こっているのだろう。そんな街に彼と出会ってから足繁く通うようになり、徐々にこの街の魅力を知ってゆくようになっていった。一方、反対側には都庁や名立たる企業、シティホテルが立ち並ぶビジネス街があり、東と西で一線を画している面白い所だと思った。

店に着くと彼は何回か来ているようで、慣れている感じだった。内装は中国を思わせる木彫刻のインテリアで彩られ、部屋は薄明るく、密会をする場みたいだった。店員は丁寧過ぎず、適度な品格が緊張を溶かしてくれた。部屋を案内され席に付くと、見渡す私に彼が店の説明をしてくれた。

「もう一店舗近くにあって、そっちは少しカジュアルな感じで、こっちは落ち着いた感じね」

彼のセレクトにはいつも感心し、センスの良さが窺えた。

店員がメニューを持ってくると、いつもの如く、まずはお酒を頼む。

最初はビールで喉を慣らしてから料理と一緒に彼の出身地のお酒がいいタイミングで運ばれてきた。個室で周りを気にしないで済むから余計な心配がない。

進むお酒が彼の口を緩ませ、懐かしむように新宿で飲み歩いていた頃の話をしてくれた。

ある時、一緒にタクシーで帰った相手の家に寄ったらゲイであることが分かって、慌てて出ていった話には笑えた。ケラケラ笑う私に可笑しくなったのか、つられて彼も笑いながらその時のことを思い出していた。楽しい宴が一層華やぎ、笑いが笑いを誘っているようでもあった。

彼の辿ってきた道には私にはないものばかりで少し羨ましさがあった。人は好きだけれど、どこか一線を越えられない度胸が私にはない。やんちゃ坊主にはどこか惹かれることに似ている。

笑いが小さくなると、彼は独り言のようにポツリと呟いた。

『でも楽しかったな…』

その響きには侘しさと懐かしさが入り混じっていた。夜な夜な新宿を庭の様に通っていたのだろう。よくぞご無事で、と思ったけれど、何だか不思議と怖い感じはせず、いたずら好きの少年を思わせた。懐かしむ彼を見詰めながら、その頃の彼に会ってみたくもなった。今日もまた二人の時間が優しく流れていった。

とある日は彼との約束がなく、仕事を終えてからジムに行った。彼と会わない日は大抵、体を動かしている。小さい頃から運動は好きだった。小学生の頃は近所の公園の木によじ登ったり、マラソン大会では上位の方で長距離が好きだった。どこから追い抜こうかと考えながら走るのが、長い時間の中にストーリーがあって面白かった。小学校の高学年時は3年間スイミングスクールにも通い、4種目全て泳げるようになった。中学生の頃は陸上部に3年間所属し、ここで精神と体の両面を鍛えられた。陸上部の顧問は怖いことで知られていたが、練習があまりにもきつくて退部届を出そうと思っていたところ、タイミングよく他の部員が出した話を耳にした。そしたら滅茶苦茶怖かったと聞き、あえなく断念した。結局、厳しい部活生活は三年間続けることになった。幸いに体力面は大人になっても消え失せることなく、いつしかジムに入会していた。仕事終わりに行くジムは、時折億劫になる時もあるけれど、動かしているうちに気持ちがスッキリし、帰る頃にはこの選択は正しかったと自分を褒める。

『あ～やっぱりジムに来てよかった。スッキリした。これだから止められない…麻薬だな』

微風がシャワーを浴びた体を撫でて気持ちがいい。夜空を見上げ、同じ空の下であの人は今頃何をしているのだろう…。やっぱり彼がいつでもどこでも気になってしまう。

再び彼をうちに招いた。また二人で電車に揺られ下町の静かな街へと向かった。午後の半ばを過ぎた頃に下車する人は少なく、都心の気ぜわしく動き回る場所に比べると寂しさを感じる。

改札口を出るとこの間入った中華屋を通り過ぎ、またあの猫ロードに突入する。彼はまたもや笑い出し、私も笑ってしまった。

「またいるよ」

「そうだよ、だってここは猫ロードだからね」

こんな彼との会話が他の人にはない何かを感じていた。

家に着き二人で話をしながらくつろいでいると、彼が突然、引っ越しをしたらどうかと言ってきた。青天の霹靂だった。

「ここまで毎日、大変じゃない？　引っ越してきなさいよ。用意するから」

「えっ…。…う、うん。…そうだね…」

突拍子もないことを言ってきたから、判断するにも頭がついてこなかった。都心までの時間云々よりも彼の飛びぬけた発想に驚いた。

嬉しいというよりも、彼は自分で何を言っているのか分かっているのかと訝しく思った。

それから食事に行くも、私は上の空で彼はいつもと変わらず食事とお酒を楽しんでいた。

引っ越しという一大イベントが頭から離れず、半信半疑になりながらも気持ちの根底には彼に付いてゆく決心は既に決まっていた。

何だか人生が変わってゆくようで少し怖いような、幸せを期待するような、そんな気持ちでいた。目の前に急に運命を左右する扉が現れ、あとは勢いだった。

彼の号令から直ぐに引っ越しの準備が始まった。まずは場所をどこにするか考え、出来るだけ彼の近くがいいなとぼんやり思った。

早速、家探しに彼が紹介してくれた不動産屋に物件を探してもらうことになった。

数日間の内見は、一日で数件を見て回るのに不動産屋の自転車を借りた。不動産屋の人は面白い人で、いい年齢の大人がママチャリにまたがり立ちこぎで走ってゆく。私も立ちこぎになって不動産屋の人を追いかけるのに必死だった。時折、気を遣うように不動産屋の人は合図や言葉を投げかけてくる。

「大丈夫ですかー」

「あっ、はーい」

不動産屋の人は年齢の割に意外と早くて驚いた。

「こっちに曲がりますよー」

「はーい。」

内心、『ちょっと待って…』と言いそうになった。2台連なるママチャリが中学生の頃、女子5～6人で遊んでいた時のことを思い出し、一人でクスッとなった。

幾つか内見を重ねるも、なかなか気に入る物件が見つからなかった。妥協点を考えながら次の物件に向かっていると、不動産屋の人が地図を見る回数が増え怪しくなってきた。迷っているのか…。再び走らせ後に付いてゆく。あるマンションの前で急にブレーキをかけ、また地図を見る。

「大丈夫ですか…」

「大丈夫だと思うんだけどね…。ちょっと行ってみましょうか」

外観からして非常に高そうだった。

『えっ、ここ？　…違う気がする…』

自転車を隅に置き、エントランスの自動ドアが開き入るとゴージャスな感じで既にここではないことは決まった。

「ここ、なんですか？」

不動産屋の人も間違えていることに薄っすら気が付いたようで、物件情報の紙に書かれているマンション名と今いるマンション名を確かめに行った。

「あっ、ここじゃないな…。間違えた、間違えた」

マンションの住人が来ないうちに、二人で慌てて出た。

「ご免、ご免。あっちの道だったかもしれないな」

数軒回った疲れが笑いと共に和らいだ。

漸く目的地に着くと、案内されたマンションは大通りを横道に入った場所にあった。

見た目はごく普通のマンション。オートロックで安心出来る。あとは部屋の様子次第だった。部屋に入ると下町のマンションからすると若干、小さかったけれど、見た目もそんなに悪くないし、治安も悪くない、広さも一人暮らしであればまぁ充分かなと。一つ残念なことはバルコニーの目の前はオフィビルが建っていることだった。ブラインドの隙間から黙々と仕事をしている人達が見えたが、こちらを全く気にしていない様子。

トイレ、バスルームと一通り確認してから、またクルクルと部屋を回りながら考える。一から探す気力は沸かないし、時間もかけたくなかった。不動産屋の人は決めかねていると察したのか、上の部屋も空いていることを教えてくれた。

「三階も同じ広さで空いている部屋がありますよ。只、家賃が上がっちゃうけどね」

「んー、だったらここでいいです」

今までの内見を思い返してみてもここが一番気に入っていた。小さな不満は住めば都になるだろうと前向きに捉えた。

内見が終わる頃、もう一度バルコニーを見てみるとブラインドが閉まっていた。

『なら、いいっか…』少し気分が晴れた。

彼にも見てもらうため不動産屋の人に、ここを決める前提で一旦待ってもらった。

「ここにしようかと思うんですけど、松浦さんにも確認してもらいたいので、ちょっと待っててもらっていいですか」

「あぁ、いいですよ。どのくらいになります？」

「できれば明日…。また電話します」

数日間の内見で都心の家賃相場を目の当たりにした。物件を見る前から予想はしていたけれど、実情を突き付けられるとこの世の中、便利はお金で買うんだなと何故かこの時、強く思った。不動産屋の人にお礼を言い、別れてから彼に電話した。

「物件、見てほしいんだけど、明日って空いてる?」

彼は直ぐに答えてくれた。

「いいよ、いいところあった?」

「んー、取り敢えず明日見てみて」

「うん、分かった」

携帯を切ると胸がワクワクし、不安はいつしか消え去っていた。

翌日、彼と一緒に待ち合わせの駅に向かった。ホームからの階段を上り切ると、不動産屋の人は既に着いていた。互いに顔を見合わせると笑顔で挨拶を交わし、目を細めニッコリする彼の笑顔が私は大好きで、いつもその笑顔を見る度、頬に口づけしたくなっていた。

彼はいつでも誰とでも変わらない態度で接する。

「いやーどうも、どうも」

「久し振りです」

二人ともいい皺を作った笑顔で、丁度いい距離感が窺えた。少しの雑談を交わし、マンションへ向かう。

「で、どっちで…」

「えっーと…こっちの出口です」

地下鉄の階段を上る二人の隙間から流れてくる風が扇風機のように優しく当たる。ここに住むことになったら、ここが最寄り駅になるのか…。

人生は日々の選択で道が定まってゆく。Bを選び、そのまた先には新たな選択肢がやってくる。枝葉の様に分かれている人生は、自らが選び自らが作っているのだと。確かなことは、誤った道は一つもないということ。失敗、後悔といった一見すると災難であっても、全ては必要があって起きることだと思う。こんな風に思えるようになったのも彼が逝ってしまってから深く感じた。だから私が引っ越しを選んだのも、自らの道を自らの意思で選んだこと。切っ掛けは彼が与えてくれたけれど、選んだのは私。そして彼と一緒にいる時間が増え、身を寄せる時間が多くなればなるほど信頼と愛の芽生えは確実なものとなっていった。とても素晴らしい学びと経験だった。もし引っ越しをしていなかったら、これほどまでの素敵な学びと経験はなかったに等しい。選ばなかった方の道がどうなっていたかなんて、神様にも誰にも分からない。人間は弱い生き物だから、時には選ばなかった方の道を悔やむ時もある。彼が逝ってしまった当初はたくさん悔いた。『あの時、ああしていればよかった、そっちの道を選んでおけばよかった…』でもそんなことは意味がないことで、強いて言えば、後悔ではなく、気が付かされたのです。

元を辿れば、引っ越し以前に彼とあの店で偶然に出逢ったことで慈愛という宝物を得ることができ、幸せで有難く思っている。心からの感謝は絶望や苦難から得られる。

—人生は選択の連続—

地下鉄の階段を上りきると一気に風が三人を吹き付けてきた。こんな突風にもいつかは慣れてくるんだろうと心は住む気でいた。向かうマンションは駅から近いところにあった。彼と不動産屋の人の会話は歩きながらも続き、長い付き合いなのだろうと、彼の傍に行くのを控え二人の後ろに付いた。

マンションに着くと彼は軽く外観を見てエントランスに入った。マンション内は住居人が居るとは思えないほど静かで、三人の足音だけが通路に響いていた。

二階の部屋に着くと不動産屋の人が鍵を取り出しドアを開けてくれた。部屋に入ると三人方々に散り、彼は何も言わず見て回っていた。

見終えたのか、ダイニングの所で壁に寄りかかり、細かいところを見るように目を動かしている彼。私は家具の配置に夢中でメジャーをしきりに動かしていた。

一向に何も言ってこないから聞いてみることにした。

「ここにしようかと思うんだけど、どうかな」

彼はいつも冷静で何かを見据えているような雰囲気だった。

「ミナミが良いと思うなら、そうしなさい。ミナミが住むんだから」

彼は何の感想も言わず、少し不安になった。

部屋自体は気に入った所だったから決めようとは思っていたけれど、何らかの一言が欲しかった。でも、これも彼の優しさで、彼らしい返事だった。

「…じゃあ、ここにしようかな」

傍にいる不動産屋の人に伝えると、家具の配置をさっきよりも入念に見ていった。

「ちょっと待ってて。もう少し家具の位置を見たいから」

彼は頷くと不動産屋の人とまた何やら話し出した。二人の様子をチラチラ見ながら、あれこれとソファやベッドの置き場所を考える。ふと、バルコニーのドアが気になり開けると少し開け難かった。

「すみません。このドア、少し開け難いんですけど」

「あぁ、そうですねぇ。手続きが済んだら、業者に頼んでおきますよ」

結局、このドアは解決には至らなかった。業者は部品の問題と言い、これ以上は難しいことを告げられた。業者は油を指し、何度か窓を開け閉めし、慣らして帰っていった。ほんの少しだったたし、気になるのも今のうちかなと。

それから流れるように契約の手続きに入り、引っ越し業者の手配も慌てるように済ませた。賃貸契約や引っ越し作業が進むにつれ実感が沸いてきた。これからは前のように最終電車を気にせず会える幸せが夢みたいだった。

後になって知ったことで、彼の家から思っていた以上に近かったことが分かり、嬉しい驚きだった。

この引っ越しを機に運命の輪が再び大きく回り始めた。そして、生まれて初めて誰にも抱いた事のない信頼を更に彼に寄せていった。心の中で彼への忠誠心と誓いを立て、彼の為だったらなんでも出来るし、どこへでも付いて行く…。

振り返ると彼と一緒に過ごしてきた時間は単なる『幸せ』という枠では収まらない、前世からの深い繋がりがあったと思えてならない。他にも色々思い出してゆくうちにそんな気がしてくる。一緒に居る時間が長くても本当に飽きることがなかった。神様が彼と出逢わせてくれたことで、安らぎ、信頼、希望、強さ、愛、優しさ、協力、充実感、ありとあらゆる守り神から彼を通じて賜ったのだと。本当に感謝してもしきれない…。

相談や悩みは親には言わず、彼には言えていたのだから。何でも話せたし、彼の傍なら安心できた。

引越し当日、作業中にひょっこり彼がやってきた。

「おーやってるね。どう、進んでる」

「うん、まぁね…」

嬉しくてつい駆け寄った。先に運ばれたソファに二人で座り、テニスのラリーを見るように業者が段ボールを運ぶのを見ていた。全て運び終わると、業者は次の現場を気にしながら丁寧に説明と清算を済ませ素早く去っていった。部屋に積まれた段ボールを見て気合が入る。いつもの柔らかい口調で彼は笑顔で言う。

「片付け、大変そうだね…」

「うん、でも大丈夫」

少しホッとして気が抜けたのか、彼に抱きついた。彼は背中をさすってくれ、私は更に強くしがみついた。首筋から白檀のような甘い香りがしてきた。その香りと彼が一体になっているような、いつもそんな香りを彼はまとっていた。以前からそんなことにふと気が付き、男性特有の匂いはなく、不思議だった。

数日間、集中して段ボールと格闘し大方、片付いた。後は配線の整理や細かな部分を整えるだけとなった。足りないものは買い出しに行き、少しずつ部屋のスペースが開いてくると気持ち良くなった。部屋を見渡し、一人笑みを浮かべながら色々なことを想像する。

数日後、彼が再びやってきた。何だか一緒に住んでいるみたいで、インターホンが鳴ると飛び付いてモニターに出た。オートロックの解除を押し、部屋に来るまでもが待ち遠しかった。ドアが開くと何だか『お帰り』と言ってしまいそうになる。

「大分、片付いたね」

「でしょ、あとはテレビの配線を綺麗に整えようと思うの」

嬉しさのあまり彼に片付けの色々なことを話す。それから合鍵を渡した。

「これからはいつでも来ていいからね。私が居ない時でも昼寝して帰ってもいいから」

彼はその場で自宅の鍵と一緒にキーリングに合鍵を付けてくれた。

ここでの生活は彼が近くに住んでいることもあり意外と早く慣れていった。時間がある時は近所を歩いたりして土地勘を付けていった。周りは新しいマンションも多いけれど、年季の入った建物がまだ現役だったり、昔から住んでいる方達もいて若者ばかりではない。近くの商店街にはお年寄りが犬の散歩をしている姿を見掛けると下町でも見た光景に少し心が温かくなった。近隣にはスーパーやコンビニ、郵便局があり、下町同様に住み心地は良かった。一番変わったことは時間。都心は電車が頻繁に走っていることで時刻表を見る必要がなくなり、朝の時間がゆったりとなった。

引っ越しをしてしばらく経った頃、昼間の仕事を辞めることになった。急に、この先このままここにいたらどうなってしまうのだろうと不安になった。淡々と事務処理をして満足なのか…。辞める決意までは悶々とした時間だった。次をどうするか悩み、前から取り組んでいたことに再び取り組もうかと浮かんだ。それとも他の道を探すか…。

やりたい道は、今まで曖昧にやってきたことで全く実績がなかった。何せその道はとてつもない茨の道で、おまけに不安定。だからやり始めの頃は余り情熱を持てずに何となくの気持ちでやっていたこともあり、腹を決め清水の舞台から飛び降りる覚悟が持てていなかった。『やれたらいいなぁ…』くらいのフワフワした気持ちだった。自ら積極的に動いたり、環境に身を寄せたり、学びをする努力はしていないのだから当然のこと。時折、知人から誘われてちょろっとするくらい。努力が結果に結びつくとは限らないけれど、何かしらの結果や成果を出すには努力は付きもの。結局、中途半端だったということに他ならない。

暫くして後任の人が入ってきた。年上らしく、明るく気軽に話し掛けてくる感じのいい人だった。仕事以外の話もするようになると、知人に占いをやっている人がいるという。タイミングの良さに驚き、見てもらおうと頼んでみた。身辺調査をするように、どんな人で、占いはよく当たるのか、占い方法、金額など色々聞いた。生業ではなく、紹介のみでやっているという。何だか期待が持てた。料金は個人鑑定にしては良心的で安心だった。

数日後、連絡先を教えてもらい電話をした。発信音がいつもより耳の奥に入ってくる。話す内容を頭で復唱し、プツッと会話に切り替わった途端、ビクッとなった。

「あっ、もしもし、占いの紹介で電話しました。…見て頂きたいんですけど…」

電話口の声はおばさんだった。これは事前に聞いていたことだから驚きはしなかったけれど、実際に聞くと勝手に思考が働き色々と想像してしまう。特に問題なく日時を合わせ、行き先の詳細を聞く。待ち合わせの場所は、降りたバス停で待っているよう言われた。

占い当日、バスを降りて辺りを見回すと人通りは少なく、お店も無く静かなところだった。不自然に止まっている車が一台、目に入った。車から降りてくるおばさんが私の方に向かって歩いてくる。

「あなたね」

想像と少し違ったけれど、特に可もなく不可もなくといったところだった。鋭い眼光を放つような怖そうな感じはないけれどニコニコした笑顔もない。

「占いの…」

おばさんはこっくりと頷いた。

「あっ、はい。よろしくお願いします」

車に乗り、おばさんの自宅へ着くと部屋へ案内された。立っている私に「そこへ座りなさい」と言い、お茶を入れてくれた。面と向かうと占いの準備に取り掛かり、紙や本を整え出した。

「ここは誰に聞いたの」

「仕事先で出会った人です」

「場所は？」

「東京です」

「あー、じゃあの子かな…。甥っ子の…」

独り言のように言う。

「じゃ、始めるから生年月日を教えて」

慣れている手つきで素早く書き留め、専門書を広げながら何やらマスの中に漢字を書き出した。スラスラ動く鉛筆に迷いがなく、業を見せられているようだった。時折、ブツブツ独り言をいいながら難しそうな顔で考えている。計算しながら専門書と交互に見て折れ線グラフのようなものを描き始めた。

「それで何が聞きたいの」

伝えると、いきなりコテンパにやられた。

「そんな不確定なことはおやめなさいっ」

急に怒った口調で言ってくるから驚いた。更に図と専門書を見ながら、もう話しではなく説教になっていた。

「あなたね、この時にそれを真剣に取り組んでいたら芽が出ていたかもね。でもね、今の時点ではもうそれはおやめなさい。人生にはタイミングってものがあるの」

また、本を見ながら話は続いた。

「あなた、手先が器用だからエステとかやったらいいわ」

私は『えっ!?』となった。興味もないし、聞いてもピンとこなかった。

「あなた、付き合っている人はいるの？」

「はい…」

「だったら、エステをして彼と幸せに暮らしなさい」

思いもよらない方向とこの状況に混乱して涙が出てきた。おばさんがティッシュを渡してきたから何枚も取って鼻を噛みながら涙と一緒に拭いた。そして諭すように再び言ってきた。

「いい、今更そんなことをやるよりも、彼を支えて幸せになりなさい。彼もその方が喜ぶわよ」

この手の場合、いつもの私だったら、怪しかったり酷い言い方をしてきたら『何言ってんだよ、このババア』って心の中で呟き、態度も悪く、そんなアドバイスは無視している。だけど今回は何故だか完敗。神様の仕業？

一時間くらい経ったただろうか、占いが終わると気持ちは早くここから出たかった。おばさんは壁に貼り付けてあるバスの時刻表を見に行った。

「ちょっとバスの時間、見てくるわね」

その間もティッシュで涙を拭きながら、『彼と幸せになりなさい』という言葉が強烈過ぎて脳裏を駆け巡っていた。『エステにしようか…』

「バスの時間までまだ少しあるから、お茶でも飲んでいきなさい」

あんな怒った口調だったのに平然とした態度でお茶を入れてくれた。優しさは感じられないけれど、まぁ悪い気もしなく複雑だった。お茶を飲んでも全然、気持ちはリラックスしない。寧ろ早くここから去りたく、じれったかった。飲みながら先々の不安や本当にエステでいいのか、これからどうなってしまうのかとネガティブな思いにエネルギーを費やしていた。

短い時間の中でも人間は瞬時に想像が膨らんでゆく。目の前に立ちはだかる高い壁は私に戦いを挑んでくるようだった。その時の私は、その壁を登ろうともせず、ただ立ち尽くしているだけだった。

振り返るとエステ以外にもたくさんの壁が今までにもあった。その度に悩み、『どうして…』とネガティブなことばかり考え、受け入れることはしていなかった。一番の欠点は逃げていたこと。甘え過ぎていたのだ。未熟者の私も含め、窮地に陥った時、人は目の前の壁を凝視できなくなる。悪循環の根幹、負のスパイラル。人生の中でエステは本当に些細なことで、生きているとたくさんの荒波が日々押し寄せてくる。時には一度に幾つもの波が来る時もある。彼がいた頃は問題が起きると直ぐに頼ったりして、いつも彼の背中に寄り掛かってばかりいた。たまには彼の背中から離れ、自分で歩くことをしなければならなかったのに頼り過ぎていた。もう少し自立をするべきだった。

彼が逝ってしまった今、優しさや愛だけではなく、自分の弱さに幾つも気付かされ、彼の存在がいかに大きかったかを知った。困難を受け入れ、今ある幸せに気付き、有難く思うことでいかに自分が小さくて怠け者であったことを反省させられる。未熟な私は今でも怠惰がひょっこり芽を出すこともあるけれど、軌道修正を繰り返しながら歩んでいる気がする。ただ一つ克服できないことは、彼を未だに胸の奥にしまい込めず、色んなことを思い出しては涙が零れてくる。頬を伝う涙の分だけ彼への感謝が湧く。今を生き、自分で道を切り開いてゆかねばと。強いように思えるかもしれないけれど、私は全く強くない。本当はとても脆弱な人間なのだ。

「さっ、そろそろ時間ね。準備はいい」

再びバス停まで送ってもらい、心は晴れぬままバスに乗った。帰りの道中、萎えた心は興味がないエステのことと彼のことで一杯だった。『…彼と幸せに暮らしなさい』リフレインする。確かに…彼のことは大好きだし、離れたくない。言われた通りエステをしようかという気持ちが動き出し、家に近づく頃には携帯でエステの専門学校を探し、何校かに資料請求をしていた。良い点は切り替えと行動の早さはあった。

彼にエステの専門学校のことを相談した。

「エステ、習おうかと思うんだけど…。今、色々学校を見てて…」

少し考えて彼が言う。

「…じゃ、学校を決めなさい」

またもや驚く。『反対はしないの？　理由は聞かないの？　…』占いから驚きの連続で、もうなるがまま。

自分の人生、占いに左右されているみたいで、今考えると可笑しな話で笑い話になる。勿論、これにも意味があったのだと今は思っている。

「えっ、行っていいの」

「だって行きたいんだろ」

本当は複雑だった。入学時期のこともあって悩んでいる時間はなかったけれど、彼が傍に居てくれることが何よりも進む原動力だった。それに彼と話しているうちに、少しずつ前向きにもなれた。迷いを拭えないまま興味のなかったエステを頭に擦り込ませた。そうすることでやりたい事はいつしか心の奥底に眠るように沈んでいき、手にした資料を彼に差し出した。

「どこがいいかな…」

「自分でいいと思ったところにしなさい。自分が行くんだから」

いつものパターンに『またか…』と不満だった。少しは意見を聞きたいだけなのに…。

結局、自分で決めたところに行くことになった。

入学してからたくさんの教科書と教材、二枚の制服が渡され、早々に事の大きさに気付かされてゆく。行くからには認定取得は絶対だった。机上では皮膚の構造やリンパの流れ、エステに必要な解剖生理学、身体の構成などを学び、施術ではマシーンの使い方や技、カウンセリング力を身に付けていった。机上の授業では日々、小テストがあり、点数が低いと居残っていた。教科書に赤線を引いたり、重要部分を丸で囲んだりと学生時代が思い出された。そんな頃を随分と離れ再び勉強するとは、人生は本当にどうなるのか予測が出来ない。

夏休み近くになると、『あぁ少し休める』と気を緩めていたら宿題が出され、意外としっかりしているなと思った。そうやって必要な知識と技量を一年間のプログラムで体と頭で覚えていった。

そんな日々でも、学校が終わると週に何回か彼と会い、活力の充電をしていた。彼に会う時はいつも嬉しくて、約束をしてから会うまでが待ち遠しかった。待ち合わせは私のマンションの時もあれば、お店だったりと、その日の行く店で決めていた。

この日は新宿のいつもの慣れた店にした。相変わらず大好きなお酒を美味しそうに飲む彼。彼は赤ワインが好きで、その店ではビールの後には赤ワインで全てを楽しんでいた。その顔を見ているのも私は大好きだった。食事をしながら勉強のことや学校内の様子、クラスの子、先生たちのこと、愚痴も言ったりして、まるで子供が親に伝えるように『ねぇねぇ…』と気持ちが納まるまで喋っていた。本当に心の支えだった。合間にお酒と料理で間を取るも、彼は聞きながら頷くばかり。「まぁ、頑張りなさい」の一言で締めくくられ、いつも不満をお酒で流し、お店を出る頃にはすっかり気分が良くなっていた。彼のお陰だ。

これまでも彼には相談や不満な事をたくさん聞いてもらった。彼はいつも話の途中で口を挟まず最後まで黙って聞いてくれていた。同調して何か言ってくるかと待っていても何も言ってくれず、ただ頷くだけ。無理矢理に「ねぇ、どう思う」と返事を求めてもいつも同じような答え。「放っておきなさい」か「俺には分からないよ、そこに居たわけじゃないから」「そういう人なんだよ。気にし過ぎ」と言うばかり。

これまでも彼から悪口や愚痴、人の批判や嫌な言葉を発したり、傲慢な態度を見たことが一度もなかったから不思議でたまらなかった。ほんの少しのことでも偉そうな雰囲気は一切なかった。タクシーの運転手やウェイトレス、スーパーのレジの人、電車で席を譲ってくれた人、順番で並んでいる人、歩いていてぶつかった人、ちょっとした人との関わり合い、これらのことでいつも事によっては笑顔で答え、「どうも……」と言って柔らかだった。決してムッとしたり舌打ちしたりせず、穏やかな対応。だけれど芯の強さと正義感はしっかりとあった。

ある時、彼から馴染のルーチェで食事をしていた時の話を聞いた。後から入って来たお客が何やら文句を言ってきたらしい。ママが対応に困り果てていたところ、彼が「文句があるなら表に出ろ。他にお客がいるだろ」とビシッと言ったことがあったという。私は何て人だろうと、きょとんとした。彼の強さと優しさは最高のものだった。

日々を楽しく過ごすというのが彼の生き方。私が不満を彼にぶつけると「そんなこと思わないで、もっと楽しく過ごしなさい」と言われたことがあった。衝撃を受け、この人はすごいなと思った。どこか達観している感じで、『人はそんなものだから、いちいち腹を立て心痛めるのは勿体ない』と。もしかすると私がダメダメ人間だったかもしれない。彼と過ごしているうちに、いかに自分が未熟過ぎていたのだと自身を厭ってしまう。

それでもまだ感化されたとまでは言い難いけれど、徐々に彼を手本としていくことで自分の恥を知りつつも、我ながら本当に素敵な人を選んだと誇らしく思った。彼は人間でない気がしないでもない。神の化身なのかと思ってしまうくらい。

今思うことは、神様は何でこんな素敵な人と出逢わせてくれたのだろうと感謝でいっぱいになる。きっと私に大事なことを学ばせるために与えてくれたのかもしれない。本当に有難うございます。

頑張った甲斐もあり、認定取得の試験は合格した。喜びは束の間に卒業後の進路を決める頃になった。周りは皆、当然のようにエステで働くことを選んでいた。私は期限ギリギリまで迷っていた。今まで心の奥深くに眠っていた思いが深い眠りから目覚めるように再び沸々と湧き上がってきたからだ。言いづらかったけれど、煮え切らない状態ではどうしてもエステの道が見えてこなかった。『このままエステでいいのか…』何度も心の中で繰り返した。そして彼に思い切って話した。

「サロンで働くか迷ってるんだけど…。他にやりたいことがあって…そっちを遣ろうかと思うんだけど…」

「自分で決めなさい。やりたい方をやればいいんだから」

彼は戸惑う様子もなく、堂々としていた。

彼の度量の深さと心の強さには驚かされた。

寧ろ、その優しさが私の心を締め付け、罪の意識を強くしたことは言うまでもない。

「…うん、分かった」

それからまたいつもと変わらない、彼との時間を過ごしていった。一緒に食事をしても特段、揉めることもなく、食事とお酒を楽しんだ。

彼の強さと優しさは一体どこからきているのだろう。この優しさに甘え過ぎていた自分が本当に愚かに思える。

卒業式当日、スッキリした気持ちで学校へ向かった。もう迷いや後悔はない。解放感と共に頑張ってきた自分にエールを送った。

教室では皆、華やかな装いで思い出を語り合い、ハグをし合い賑やかだった。式典が始まると、改めて『これで良かったんだ…』と自分を強く持った。

一人帰りながら通ったこの道とこの風景に別れを告げ、ちょっぴり目頭が熱くなった。通っていた頃は文句を言いながらも欠席はほとんどせずやってきた。そして漸く認定取得をして待ちに待った卒業では式が終わることばかりを考えていたのに、いざ終わってみると物寂しさがやってきた。しかし自分のやりたいことを選んだのだから、やらない後悔よりもやった後悔をしたほうがいいと自分の中で格言付けた。きっとこれも彼が傍に居てくれたから成せたこと。それに結局、自分はなんだかんだやっても自分のやりたいことをするのだと我ながら頑固だと思った。

ただ強く言えることは、今でも一年間のエステの学びは本当に良かったと思っている。専門的なことが学べただけではなく、ここで出会った人達や学んできたこと、エステを通して彼と過ごした時間は人生で何かしらの糧になっている筈だから。

卒業してから朝起きる時間がゆっくりとなった。だからといってのんびりもしていられず、遅れを取り戻すようにやりたいことへ動き出した。情報収集するべく色々と調べる。年齢制限が設けられていたり、そもそも募集がなかったりで、数は少なかった。絞られた中からあるところに目が留まり、受けてみようと申し込んだ。

当日、課題が一つずつ終わるごとに『変な失敗はしていない、まぁ大丈夫だろうと』少し自信があった。

帰り道、まだ受かってもいないのに『よし、これからだ』とやる気に満ち、行く気満々だった。

発表の日、遠くから見える掲示板の周りに数人の人たちがそれぞれに受け取った結果の表情を見せていた。何だか緊張してきた。早歩きで掲示板の前に行き、自分の番号を探す。『…ない』結果、落ちた。ショックは大きかった。

帰りの電車、涙をぐっと堪えても堪えきれず溢れてくる涙を手で何度も拭いた。これからどうしたらいいのか、路頭に迷う感じだった。乗り換えの有楽町で一旦、外に出ることにした。止まらない涙とぐらつく足元をどこかで抑えようと、高架下の人目の付かないところを見付け、ポケットから携帯を取り出した。発信音が鳴ると、また涙が出てくる。

「もしもし、私だけど…」

ひどく泣いているのが分かると、何かを感じたのか心配してくれる彼がいた。

「どうしたの…」

それ以降は言葉にならなく、只泣くだけだった。

「…」

「だから、どうしたの…」

「…私、どうしたらいいのか、もう分からない…もうダメかもしれない…」

「今、どこに居るの」

「…有楽町…」

「ちょっとそこで待ってなさい」

彼は他に用事があったのに来てくれた。待っている間、何を考え、どんな風にいたのか、その時の記憶はどこかに消えてしまった。

彼が現れた時の姿は今でも覚えている。俯き加減で待っていると、彼の声が聞こえてきた。

「ミナミ」

声のする方を向くと、フェルトハットを被った彼が目に入った。力が抜け、一旦止まっていた涙がまた溢れてきた。

「純さーん」

泣きながら駆け寄った。

「どうしたの…」

「…今日は用事があったんじゃないの」

「だって泣いているから…断ってきたよ」

泣きながら言う私を覗き込むように彼は言う。

いつもの優しい声が更に胸に響いた。本当に嬉しかった。有難うを言い忘れるほど気持ちが高揚し、このまま二人で何のしがらみもないところへ行って自由になりたいと思った。

彼は何が起きたのか無理に聞かず、静かにずっと傍にいてくれた。この日は一緒に過ごし、彼の優しさにどっぷり浸かった。

転んだ時は笑顔で『大丈夫?』と手を差し伸べ砂をはたいてくれるように支えてくれていた。

その日は最悪な日だったけれど、また一つ愛という果実が実った日だった。愛のエキスを吸い上げた幹は芳醇な果実が実り、いつしか周りには鳥や虫、動物たちが集まる豊かな世界をもたらせるように二人の間にも存在した。そんな世界観が彼と私の中で少しずつ築かれていった。

いつしか朝夜と電話をするようになっていた。朝は決まった時刻になると私から「おはよう、時間だよ…」とモーニングコール、夜は彼から掛かってきて、その日の他愛もないお喋りをして「お休み…」で終わる。ほぼ毎日、ルーティンだった。まるで精神安定剤みたいで、これがないと落ち着かなかった。実際のところは朝晩だけでなく、履歴に連なる彼の名前をもし他の人が見たらきっと驚くだろう。

ある日のジム帰り、今何しているだろうと電話をしてみた。

「今、何してるの？」

「豆乳飲んで、休憩してます」

ビデオ通話にしてごくごくと飲む彼を見て可笑しくなった。

「豆乳、買ってるんだ」

「うん、近所のお豆腐屋さんに頼んで届けてもらってるんだ」

都心にもまだお豆腐屋さんがあるのだと思った。

彼の近所には地主さんが所々にいて、お店を営んでいたり、親の代から土地をそのまま譲り受けサラリーマンをしている人、地元ではないけれど長年お付き合いがある人達がいたりと様々だった。近所の肉屋の話や寿司屋、スナック、何だかよく分からないお店、パン屋、盾製作・販売をしている店など、彼の住む周辺情報には少し詳しくなった。通る時はその話が浮かび、クスッとなる。

ある年のクリスマスシーズン、お店のディスプレイに飾られているサンタやツリー、ぬいぐるみがキラキラして見え、彼にも見せたくなり電話をした。

「ねぇ、すっごい可愛いものがあるの。今から見せるね」

ビデオ通話にしてディスプレイを映すと、彼は目を丸くして画面に近づいて見てくれた。

「へぇ〜」

「ねっ、素敵じゃない」

見ている容貌が少年のようで、彼の純粋さを感じた。受話口からでも隣にいるような感覚だった。彼に出逢ってから毎日が明るく前向きになれ、人生のキャンパスは鮮やかに描かれていった。

やりたいことは一旦、横に置くことにした。何となく仕事を見付けなければと思い、幾つか応募したがなかなか通らず、就いても余り長続きせず鬱々としていた。徐々に気力が失せ、この際、体を鍛えておこうとジム漬けの日々を過ごすことにした。引き締まった体がいつかやりたいことへ繋げられれば、これも努力の証だと切り替えた。

午前中からジムに行き、夕方近くまで幾つもレッスンを受け、体力付けと気分をスッキリさせた。しかし時間が経つにつれ表面的なことは劣化するように剥がれ落ち時折、不安が押し寄せた。暗い気持ちを更に覆うように、彼への甘えが罪悪感をかきたてた。

悩みは波のように押し寄せては引いていくように、心は揺らいでいた。そんな私に彼はいつも寄り添い、急かすこともなく、聞いたりもせず、只、私の行動に理解を示し、応援してくれていた。私はそんな彼の傍で夢や希望を育み、たくさんのことを経験した。本当に有難い存在。彼といる時が一番、幸せで自分らしくいられた。

◇絆◇

彼とは色々な所へ出掛けた。ふざけ合いも常々だった。犬が尻尾を振りながらじゃれつくように余すエネルギーを思う存分、彼に費やしていた。時折ふざけ過ぎると「少しは静かにしなさい」などと柔らかい声が飛んできた。つまらないの、と口をすぼめしょげるけれど、心ではそれすらも楽しんでいた。そんな日が今では愛おしく、思い出しては彼の名前を小言のように口走ってしまう。彼が私の中で完全に染み付いてしまっている。何て罪作りな人なのだろうか。

神様はそんな宝物を私の手から眠っている間に連れていってしまった。気が付いたら彼の手が消えて途方に暮れ、暗闇を彷徨った。そして頭の片隅で『愛する人を失うとはこういうことか』と客観的な自分もいて、心の置き場が見つからなかった。

当時はあっという間のことで、知らされた時は既に逝ってしまった後だった。せめて『有難う。これからもずっと愛しているからね』と伝えたかった。でもきっと、それだけじゃ終わらない気がする。柩にしがみつき、『行かないで』と離さないでいただろう。ドラマや映画の世界が実際に自分にも起きた感じで、本当にこんなことが起きるのかと嘘みたいな本当のことが我が身に降りかかると残酷だった。

　これほどまでに愛した彼は、今では光となって私の傍でいつも見守ってくれている。こうして彼のことを想っていたりしていると、ふとカラスの鳴き声が耳に入り、見上げてみると数匹旋回している時がある。彼が近くにいるのかなと…。

　私と出逢う前に近くの公園で彼はカラスを手なづけてしまった、という話を聞いた。発端はランニングの度にパンを与えていたことだった。いつの間にカラスは学習してしまったようで、頭上高く飛んでいたと思ったら彼を見付け、背後で羽を下ろしてピョンピョン付いて来るようになったという。はるか遠くから、まるでズームレンズで彼を見付けるなんてカラスの学習能力にも驚かされたけれど、彼のやることに心が癒された。やはり彼はどこか違う雰囲気を持っているユニークな人。聞いてクスっと笑ってしまった。私はそんな彼が今でも大好き。

　きっと動物を伝って何か知らせにきているのだろうと思うと、カラスが可愛くなってくる。何かに投影して自分を楽にしているのかもしれない。それでも自分の勘を信じたい。

　彼といた時間は人生の中で決して長くはないけれど、時が飛ぶように過ぎようともこの愛は永遠に薄れない。共に過ごした一瞬一瞬が人生で最も幸福な時間だったから。言葉はよくできていて、『長続きしない幸福は快楽。快楽ではなく幸福に包まれていたい』と、ある時代物のフランス映画で聞き、ふと彼と過ごした日々が蘇った。

今でも毎日、彼を想ってしまう。するとじわっと下瞼に涙がぷっくりと溜まり零れる。そんな時、傍から『メソメソするな、ミナミらしくないぞ』って、それこそ叱っているかもしれない。彼の好みだってまだ鮮明に映像と共に覚えている。こし餡よりも粒あんが好きで、スープはあっさりしたコンソメよりもクリーミーなポタージュが好き。コースメニューに書かれていたスープの名前がよく分からず、適当に頼んだら私の方にポタージュがきた。「私、コンソメがいいから交換しようか」彼は目尻を下げて「俺はポタージュが好きなんだ」って。その言い方がとてもキュートだった。ワインは赤、ステーキは赤身のヒレよりサーロイン、アイスクリームはラムレーズンが好きで私の自宅マンションの冷凍庫には常にストックしてあった。ケーキはオーソドックスのショートケーキ、ピザはクリスピーよりも少し厚みがあってフワフワ生地を好み、喫茶店ではカフェオレをいつも飲んでいた。焼き魚の食べ方が下手でいつも私がほぐしてたことだって昨日のように覚えている。そしてお風呂が大好き。彼が私の生活の一部になっていた。冷凍庫からラムレーズンを取り出し、あの柔らかい声で「俺はラムレーズンが好きなんだ」耳の奥から聞こえてくる。

彼との思い出はたくさんあって語り尽くせない。きっと満足に語り終えるのは、物語が終わるように私も人生を閉じて彼の元へ行く頃かなと薄っすら思ってしまう。

未だに涙し寂しくなる時もあるけれど、彼を失ったことで私の人生が大きく変わり、様々なことに芽生えたのだから感謝でいっぱい。私の人生観を変えた彼との出逢いは、やっぱり神様からの贈り物。

～プール～

　夏近くになって、彼に「プールに行こうよ」と言ってみた。直ぐに「いいよ」と言ってくれ、何十年振りのプールはとても嬉しかった。心の中では『やったー。プール、プール』とはしゃぐように喜んだのを覚えている。よし、場所はどこにするか…。ソファに座っている彼にもたれながら聞く。

「ねぇ、どこがいい？」

「任せるよ」

「分かった、調べてみるね」

　もう遠足に行くような気分で、ネットで検索した。粗方、候補は2～3上がっていて、あとはアクセスの良さで決めた。

「ねぇ、ここにしない？」

　携帯を差し出すと、彼はほとんど見ないで「いいよ」と言ってくれた。

「俺はそういうことはよく分からないから、ミナミが決めて」

　彼は何かを決める時、いつも私を優先してくれていた。自分の要望はお酒ぐらい。

「何にする」と聞いても、大体、「ミナミは何がいい？」と返してくる。たまに行く素敵なレストランは私には分からないこともあり、彼が頼んでくれる。

「じゃあ、ここに決まり。いつにする？」

「それもミナミが決めて。でも俺が休みの日で」

「うん、そうだね」

　彼の休みを念頭に準備期間も含めて選んでゆく。混んでいることは覚悟し、出来るだけ早めの時間を考えた。日にちは携帯のスケジュールを見ながら、お盆が過ぎたあたりに決めた。それから直ぐに水着のことが浮かび、どんなのを着ようかと楽しくなってきた。プールの種類も気になり、頭の中はプール一色だった。彼は至って冷静で、ソファにもたれながら私の問いかけに頷くか、「いいよ」の片言だけだった。話が盛り上がるにつれ思い出したのか、嘗て後楽園遊園地にプールがあった頃の話を彼がしてくれた。

「昔、後楽園にプールがあったな…。行ったけれどあまりにも人が多くて泳げやしなかったよ。ちょこっとけ伸びをするくらいだったよ」

　そう言って笑う彼。私の知らない時代にそんな風に楽しんでいたのかと、彼の過去をまた覗けて嬉しくなった。彼の歴史が私の中で積み重なる度、独占欲というのか、自分のものになった様な気分になった。

「レジャーシートは私が持ってくるね」

彼は頷くだけ。それでも楽しい。

「ビーチサンダル、忘れずにね。あとは、プールサイドに持ち込む用のタオルとか、濡れた水着を入れるビニール袋も」

また頷く。自分でもはしゃいでいることは分かっているけれど、二人だから何も隠すことはない。

「そんなところかな…。また何か思い出したら電話するね」

二人でソファにもたれながら逸る気持ちだった。

ある日、雑貨屋のショーウインドーに惹かれ入ると水着が売っていた。海水パンツもあり、手に取りながら『大丈夫かな』と気になった。あの時、水着のことは何も言ってなかったけれど、手に取った海水パンツのデザインが気に入り、買っておくかとビーチサンダルと一緒に購入した。そして彼に会った時、海水パンツを広げて勧めた。

「ねぇねぇ、純さんの海水パンツ買ってきたの。こっちを履いてね。あと、ビーチサンダルも」

彼はすんなりと受け入れてくれ、「そっか」と一言。

携帯でプールの案内を開くと一気に気合が入る。彼にも見せ、ウォータースライダーや流れるプール、波のプールと一通りは回ろうと約束した。

「俺にそんなものを滑らせるの」

「そうだよ。絶対、楽しいから大丈夫」

プールは小学生に戻った気分で彼と一緒に思いっきり楽しみたかった。勿論、私なりの楽しませ方で…。その方が彼も新たな経験が出来るはずだから。

当日は照り付ける太陽と真っ青な空、絶好のプール日和だった。プールに近付く度、浮き輪を持った少年やビーチサンダルを履いている人、タオルを首に巻いている人、短パン姿の人がどこからともなく目に付くようになって気分が最高だった。『いよいよだ』

現地に着くと既に賑わっている声が聞こえ、「早く行こうよ」と彼を急き立てる。チケット売り場から既に人だかりで場所の確保が気になった。早く着替えを済ませ、居場所を定めプールに飛び込みたい。

やっと入園口を抜け、更衣室前で分かれる。

「じゃあね、着替えたらここで待ってて」

彼は手を振り、半分背を向け更衣室に入って行った。

更衣室には家族連れや友人同士で楽しそうな会話が聞こえてくる。そこを避け、人の居ないエリアを見つけ、汗で脱ぎにくい服にイラつきながらそそくさと支度をした。

濡れてもいい軽いシャツを水着の上から羽織り、約束の場所に向かうと、既に彼がいた。『やっぱり男性は早いな』広い更衣室の向かいに販売場があり、彼がテントを買おうと言ってきた。日差しが強かったし、周りは結構、テントを張っていた。何十年振りに行くプールは用意に斬新さと進化を遂げていた。

「浮き輪は？」

「うん。いいよ」

買い求めた浮き輪とテントを持ち、混雑の中、居場所を探しに行く。人の群れが、忙しく動き回る蟻のようで少し酔ってくる。漸く見つけた巣は足の踏み場に困るところにあったけれど、二人には丁度いい大きさで一安心。テントを立てレジャーシートを敷いた。

そして待ちに待ったプール。二人、小走りでプールに向かった。「早く、行くよ」私は手を振って彼を急がせた。彼は後ろから、「どこに入るの」と楽しそうだった。「流れるプールから行く？」それからは存分に二人ではしゃいだ。決めていたウォータースライダーにも乗った。大きな浮き輪の上に乗ったまま滑ってゆくアトラクション。彼は迷いながらも私の強引さに負け、滑ることとなった。

「本当に行くの？」

「大丈夫だから」

並んでいる間に聞こえてくる悲鳴が彼を不安がらせ、緊張しているみたいだった。順番が近付くにつれ興奮してくる。やっと順番が来た。彼の笑いの奥には不安がたっぷりと感じられた。

「心臓が止まりそうだよ。おい、本当に大丈夫か」

「大丈夫、大丈夫、楽しいから。じゃ、先に行くね。下で待ってるから」

滑りは最高だった。出口付近で待っていると、彼が水しぶきを上げて滑ってきた。

「俺を殺す気かー。鼻と口に水が一気に入ってくるから大変だったよ」

水で髪がぺしゃんこになって、よろけている彼を見てお腹を抱えて笑いが止まらなかった。

「でも楽しかったでしょ」

それから休憩時にアイスクリームやお酒、スナックフードで体を休め、テントで次のプールはどこに入ろうかと作戦を立てた。

「次はどこに入る？」

「また流れるプールにする？」

「よしっ」

「それからまた波のプールに行こ」

一日中、遊んだ。午後の半ば、そろそろ帰ろうということになった。あんなにはしゃいでいたのが嘘のように、門を出るとテンションが下がり、疲れが一気にのしかかった。早くお風呂に入りたい。少し眠い目を彼の肩で隠しプールを後にした。

家に着くと直ぐお風呂を入れた。湯舟はオアシスに向かう感覚だった。

「お風呂、沸いたよー」

「よーし、入るか」

バスタブにそっと足を入れ、背中に浸ってくると体中に染み渡りヒリヒリした。

「くぅ～」

二人で我慢大会だった。

～誕生日～

彼の誕生日は毎年祝っていた。日頃の思いをこの日に伝えることも目的の一つで、メッセージを書く時は短い中に感謝と確かな思いを詰め込んだ。予め十日くらい前に伝えて、予定は完全に空けてもらう。

「純さん、もう少しで誕生日だね。おうちでお祝いしようね」

心の中では『忘れていないからね』と呟く。

彼は簡単に頷くと、特に目立った表現はない。

いつもそんな感じの彼だけれど、嬉しそうな雰囲気は何となく伝わってくる。時折、目を細めてニッコリとした笑顔の時は本当に愛らしかった。普段は言葉を超えた繋がりに、何も喋らなくてもただ二人でいるだけで充分だった。一緒にいる時間が長くなると徐々に余計なものが取れてゆき、本来の美しさに気が付いてくる。

彼とは年齢が離れていたこともあって、きっとじゃじゃ馬娘を慣らしてゆく感覚もあったと思う。時には二人で子供のようにじゃれ合い、ふざけ合ったりして、気が楽だった。それに年齢の差がそうさせるのか、彼の性分がそうなのか、互いに張り合ったり比べたりすることもないから、自然と素直になれてしまう。大人の安定感を持つ彼との時間は、まるで大きなゆりかごの中にいるみたいで安全地帯だった。そんな場を神様は閉じてしまったのだから、運命ってやつはなかなかなことをしてくれる。あの時から比べれば冷静に考えられる今、人生の儚さ、無常をしみじみと感じる。

誕生日の準備は着々と進めた。プレゼントに添えるカードは毎年悩み、売り場に行くと様々に細工されたものにあれこれと惑わされた。この年は一風変わったものにした。晩餐は手作り料理と丸いバースデーケーキ。

パーティーの数日前、百貨店の地下食品売り場でケーキを探しに行った。どれも芸術的で目移りしてしまうほど。彼の好みは白い生クリームにイチゴがデコレーションされているものだから、それを念頭にスイーツエリアをグルグルと何回も回った。宝石を見ているようで逐一感動して全然飽きない。『白いの、白いの…』と探しながら徐々に候補が絞られ、迷いに迷ってやっと決めた。

店員を呼び、バースデー用と伝え予約をした。真っ白な土台の上にぷっくりと絞られたクリームが可愛らしく、上にフルーツがたっぷり乗せられたケーキにネームプレートを付けてもらった。メッセージは『純さん、お誕生日おめでとう』のシンプルな言葉にした。店員は更に細かいことを聞いてくる。

「お名前の文字はカタカナ、漢字、英語とありますが、どういたしますか」

細かい配慮に感心しながらも少し悩み、その時の気分で選んだ。引き換え券を受け取り、彼の笑顔が浮かんだ。既に用意してあるプレゼントとバースデーカードは見つからないようクローゼットの奥に隠し、全ての準備に思いを込めた。

バースデーパーティーの朝、いつもより目覚めがいい。支度をしながらこの日のスケジュールを頭の中で描く。『ジムが終わってからケーキを取りに行って、チキンを買って最後にスーパー…と』財布の中の引き換え券を確認し、いつものようにノースフェイスのボックスタイプのリュックを背にジムへ向かった。

この日のジムは早めに切り上げ、その足で予定通りケーキを取りに行く。予約の時に見たケーキよりも断然、綺麗で美味しそうだった。早く彼に見せたい。受け取ると流石、老舗の百貨店だけに丁寧にお辞儀をする店員だった。返ってこっちがかしこまってしまうくらい。ケーキを手に買い物客を縫うように急ぎ足でチキンを買いに百貨店を出る。

チキンの売り場はスムーズで直ぐに受けとることが出来た。箱から瞬時にスパイスと油の匂いが鼻腔に入り込み、今夜のパーティーが楽しみになってきた。道行く人にチキンの香りを漂わせ、競歩選手のように駅へ急いだ。

一旦、ケーキとチキンを置いてからスーパーに行くことにした。マンションの目の前がスーパーだから冷蔵庫がもう一つあるみたいで好都合だった。

メニューは決めていたビーフシチュー。ジャガイモはふっくらと丸みを帯び傷が少なく、芽が出ていないもの、玉ねぎは固く締まっていて艶のあるもの、人参も他の野菜も同様に品定めをし、いつもより入念になる。彼はお肉が好きだから少しいい肉を選び、お肉多めのビーフシチューにする。ルーもちょっぴり値の張ったものを選んだ。彼が喜びそうなものばかりを揃え、普段は料理らしい料理をしないのに今日は腕を振るう。

料理は時間との勝負、決して手際が良いとは言えないから余裕をもたせていた。他にサラダとほうれん草の胡麻和えも作ることにしていて、並べた食材を前に手順を考える。『…ほうれん草を茹でながら皮をむくか…』

実際にやり出すと、ほうれん草は直ぐに茹で上がり、皮剥きに集中できない。茹で上がったほうれん草を水に浸そうとするも、熱湯に気を取られるし、熱い鍋と湯気にあたふたした。彼が来るまでに何とか終えなくてはと、手慣れないことに格闘しながらやっと終盤に近付いてきた。

ビーフシチューの匂いが部屋中に広がる頃、インターホンが鳴り、画面に映る彼を見て急いで開錠ボタンを押す。ドアが開く音が聞こえるとパッと彼の方を向き、さっきまでの真剣な顔が急に緩む。彼はスリッパを履き、ビーフシチューの匂いに誘われるようにやってきた。

「いい匂い…」

その一言で疲れが消えてゆく。食べる前から褒められているみたいで、今夜のパーティーが一層楽しみになってきた。

「ちょっと待ってて。もう少しで出来るから」

彼は軽く頷くと、ランチョンマットとお皿やスプーンがセッティングされているテーブルをチラッと見て、そのまま何も言わず帽子を取り、上着をハンガーに掛け着替えを済ませた。テレビを付けソファに横になる彼に、飲み物を聞く。

「何か飲む？」

頷き「炭酸割で」といつもの調子。

うちには彼専用のウイスキーのボトルが切らさずに置いてあった。炭酸で割るのがお決まりで、作る時は体のことを考えて濃くなく、だからといって薄くなくの程度で作る。お酒好きでも体質なのか、不思議とお腹は出ていなく羨ましくなる。背も高いからGパンがよく似合っていた。息子さんからはスーツが似合うと言われていたそうだけれど、私はどちらの彼も素敵だった。

ウイスキーの炭酸割を出すとスッと手を伸ばし、チャンネルを変えながら飲む。まるで秘書が社長に通例の飲み物を出すように自然だった。ソファでくつろぐ彼に安心すると、流し台に溜まっている洗い物を急いだ。

このお祝いが、数回で終わってしまったなんて、やっぱり惨たらしい。この時の彼の笑顔だって、プレゼントを開けている時の顔だって、ビーフシチューを口に運ぶ様子だって全部、覚えている。

作った料理を一緒に食べ、一日の出来事を笑って語り合う。平凡のようで平凡ではない。日常が当たり前でないことは彼を失ってから知った。

昨日までのことがそのまま続くなんて何の保証もない。平凡が幸せだとすれば、その平凡と愛する人が隣にいる奇跡に感謝したい。

毎日を当然のように過ごし愚痴ばかり口に出てしまうのは経験不足と想像力の欠如。自分も含めて、多くは何かが実際に起きないと気が付かない。幸せの数を数えれば、今の自分が見えてくる。彼と出逢ったことだって、何かが起きたことだって説明が付かないのだから人生は奇跡の連続で、出会うべくして出会い、自らが作ってゆくもの。

目に見えないものに真実が宿り、意味があるかと。科学で証明されるものだけを信じるなんて、何だか寂しい気がする。魂、神、仏、あの世…そして愛。きっとあちらの世界に逝った時に分かるのだろう。

彼の死と引き換えに誠の幸せに気が付くなんて、自分が憎らしい。

だけれど残された思い出、言葉を変えれば経験は、もしかしたらこんなことのためにあるのかもしれないと、彼が逝ってしまってからよく考えるようになった。気が付くか否かの違いで生き方は随分と変わってゆく。二人でいた温かな空間には、地球で豊かに生きる学びが多くあったことをしみじみと感じる。

ビーフシチューを温め直し、くつろいでいる彼を呼ぶ。

「できたよー」

面白い番組でも見ていたのだろうか、テレビを見ながら生返事をし、飲みかけのグラスを持ってテーブルに着いた。

「どーれ、食べようか」

「ビーフシチュー、作ったの。沢山作ったから、帰りタッパーに入れるから持って帰ってね」

これに対する返事は特になかったけれど、少し頷き微笑んだように見えた。彼は何に対してもたやすく感情表現をあらわにしないし、言葉にくどさがない。必要な言葉だけをさらりと言い、とてもシンプルでさっぱりとしている。語りは優しく、決して棘がなく川のせせらぎのように心地が良い。だから多少のことで反応がなくても何の気にもならなかった。発する言葉や言い方で人格が見えるのは、彼と過ごしてきて感じた。

「どう？」

「うん、美味しい」

彼らしい薄い反応だけど、ビーフシチューを続けて口に運んでくれている。

次はプレゼントを渡す。ビーフシチューを食べ続ける彼に伝える。

「プレゼントもあるの」

彼は「そうなの？」とビーフシチューの手を止めた。クローゼットからプレゼントを取り出し、「はい、純さん、プレゼント。お誕生日、おめでとう」

袋を見てニッコリした顔が本当に嬉しかった。あの笑顔で数日間のもどかしさが一気に吹き飛んだ。

プレゼントは一ヶ月くらい前から考え始めていた。厳密に言うと日頃、彼との会話の中にヒントがあり、そこから探ってゆく。そして一ヶ月くらい前から絞り出す。すると自然に実用的なものに辿りつき、この年は電動シェーバーにした。

量販店に行くと男性の店員を捕まえ商品の質問攻めをした。最新式は？　よく切れるものは？　人気のものは？　何枚刃だといいの？　保証は？　特徴は？　剃り残しは？　などと機関銃のように聞いてくる私に、店員は少し困ったようだった。それでも良いものをあげたいから遠慮なく続けた。

袋から包みを取り出し丁寧に開けてゆく彼。

「あー髭剃りか。丁度良かった」

「ずっと前、髭剃りのこと言っていたから」

「そうだったっけ？」

そして一緒に入っているカードも伝える。

「カードもあるの」

彼は「そうなの？」と、カードを探して手に取った。

「読んでいい」

「うん、いいよ」

目の前で読まれるのは恥ずかしかったけれど、読んでいる時の反応も見てみたい気になる。

そのカードは絵本調になっていて、ページをめくると色々な言葉が綴られているものだった。最後はメッセージ用のページとなっていた。文字を追う彼の表情は時折、笑みを浮かべながらしっかり何かを感じ取ってくれている目だった。

「うん…有難う。このカード面白いね」

「でしょ。絵本みたいになっているの。書かれている言葉が良くって」

彼は最後のページに書かれているメッセージに目を落としながら、

「ミナミは、そんな風に思っているの」

「うん、そうだよ」

「そうか…」

全てが伝わったみたいで、本当に嬉しかった。

サプライズは連続して届けた。

「あと、ケーキもあるの。今、出すね」

細長いローソクを三本立てた。一際大きく見開いた目が女性みたいだった。最高の思い出となった。

「ねぇ、写真撮ろう」

「うん」

携帯を充電器から急いで取り、彼にぴったりとくっついた。

「はい、ケーキ持って。…撮るよー」

〜前世の話〜

外での食事を終え家でくつろいでいる時だった。何だかふと、二人でいることがこんなにも幸せで飽きないことに、あることが浮かんだ。だってあまりにも不思議で、片時も離れたくないと思わせる人はそういない気がするから。

ソファで寝そべっている彼に、一点を見詰めるようにスッと言葉が出てきた。

「私たちってきっと、前世で恋人同士だったかもね。しかも大大恋愛。でも何かが起きて離れ離れになってしまうの。それで、この世の終わりのように悲しみに暮れ、毎日泣いているところに神様があまりにも悲しんでいるからって、また会わせてくれるチャンスを与えてくれたの。只、会わせるには一つ障害を与えますって。勿論、会えるならどんな障害でも構いません、だから会わせて下さいって。神様がそこまで言うならって…。それで今世で出逢ったんだと思う」

おかしな空想話に彼は笑いもせず、噛みしめるように口を開いた。

「素敵な話だね…」

その言葉には軽はずみがなかった。やっぱり彼は運命の人。空想の話が本当に思えてきて急に寂しくなった。彼の腕に顔をのめり込ませるように押し付けた。切なくも、とてもロマンティックな夜は小さな宮殿を甘い雰囲気に包み込んだ。

～夏祭り～

　彼が住む町内会の夏祭りには何度か足を運んでいた。彼の家と会場の神社は目と鼻の先にあり、徒歩数分の一直線上にその社は佇んでいた。都会の中にあっても社号標を一本道を入ると大通りの走行音や人通りは静かなもの。参道っぽさは期待するほどでもないけれど、有名な神社だけに遠いところから足を運んでくる人は耐えることがない。お正月にもなると最寄りの駅は毎年、人だかりとなっていた。

　彼は神社の前を通る度、いつも帽子を取り一礼をしていた。その姿を初めて見た時、氏神様への敬いを常日頃から持っているのだと素敵に思えた。辛い時だけの神頼みではなく、謙虚に日々、神への敬意を現すことは大切なことだと感じた。以来、私も真似、自宅の氏神様の前で一礼をするようになった。今では癖になり、通る時は自然と体が鳥居に向いている。

　祭りの数日前、彼が「今年も来る？」と言ってきた。勿論、即答で答える。「うん、行く」当日は手伝いで一日忙しく喋れないことは例年のことで知っていたけれど、祭りが終わった後に二人で会う約束をするから退屈ではなかった。正直なところ二人で会う時の方が楽しみだけれど、町の人達と触れ合う彼を見るのも色々な発見があって良い機会だと思っていた。

祭りの時間と場所を聞く。

「どこに行ったらいい？」

「前の方でレコードを流している音響の所にいるから」

「うん、分かった。時間は？」

「混むから少し遅くてもいいよ。…まぁ来たい時に来なさい」

「うん」

盆踊り当日。駅を降りて神社の名が付いた通りに入ると太鼓の音と盆踊りの曲が聞こえてきた。町中に響き渡り、人々の呼び水にもなって道行く人たちが「早く、こっち」などと曲が聞こえる方へと吸い寄せられていった。

神社に着くと既に多くの人が押し寄せていた。間近で聞く和太鼓は体の奥深くまで響き、他の楽器にはない魅力があった。ぼうっとした提灯の優しい光が祭り全体を照らし、素敵な演出となっていた。子供たちの元気な声は祭りを一層賑やかにし、お盆同様に変わらぬ夏の風物詩は神秘的に見える。時折、帰りのサラリーマンが顔を覗かせ、祭りが徐々に膨らんでゆく様子は一客でも何だか嬉しい気持ちになった。

人混みの中、彼を探した。重なり合う人の間からかすかに彼が見え、白いテントの下でパイプ椅子に座っていた。並びには同じ係の人が座っていて、彼を含め三人で何やら喋りながらいた。

そこに一人、見覚えのある人がいた。宮ちゃんだった。近所のビルのオーナーで、彼とは一緒に飲みに行ったりお茶をしたり、近所では気の合う仲のようだった。

彼が私に気が付き、口許に薄い笑みを浮かべて手招きをしてきた。私も小さく振って、浴衣姿の集塊に体をよじらせながら彼の元へ急いだ。

「暑いね」目尻を下げて彼が言う。

流れた汗が笑顔の皺に入り込み、思わず入り口で貰った内輪で彼の顔に仰いだ。涼しそうに薄目をする彼が何だか愛おしくなった。タオルもTシャツもクタクタで、午後から準備に追われていたことがしっかりと見て取れた。

すると横から視線を感じた。目線だけ動かしチラッと見ると二人は慌てて目を反らし、気まずそうにまた話し続けた。宮ちゃんは私に気が付いているのか知る由もないけれど、今日は町内会の人達もいることだし、知らない振りをして黙っていることにした。

テントの下は盆踊りに一休憩している婦人達の笑い声や手伝いに来ている町内会の人達の熱気で、その一角だけでも祭りの盛り上がりを感じた。彼は近くにあったパイプ椅子を引っ張り、直ぐ後ろに場所を作ってくれた。

「ここにいなさい」

それからビールを持ってきてくれた。

「喉、乾いたでしょ。俺ももう何杯も飲んでいるから」

そう笑顔で言ってから彼はまた祭りの仕事へと戻っていってしまった。戻るといってても目の前だからいつでも彼を呼べるけれど、そんな訳にもいかない。今日はおとなしく見守ることにしているから、いつものようにいちゃつくことは御法度。

今日の彼は逞しく見えた。アナウンスをしたり、盆踊りの曲を流したり、他の場所の様子を見に行ったりと座っては立ち、役割をしっかりと果たしていた。彼の行く先を目で追っていると、ただ純粋に献身的な行いがいつもそこにはあった。

ずっと座っているのにも飽き、彼も忙しそうだから祭りを見て回ることにした。彼は相変わらず他の人と話をしている。

祭りの活気はとてもいい。懐かしさもあって、子供の頃は貰ったお小遣いを数えながら綿菓子やあんず飴を買っていた記憶が重なった。屋台は子供達にとってはおもちゃ屋同然。あれもこれもと欲しくなり、しまいには親に駄々を捏ねて手に入れようとする。今も昔も変わらない光景は何だかほっとする。

暑さと人混みに疲れ、社殿の方へ行くと静謐に包まれていて気が休まった。賑わいとの境には見えない壁が存在しているようで、音も空気も落ち着いていた。そこから見る祭りも絵になるくらいだった。

社殿から眺めていると祭りが終わるアナウンスが流れ始めた。

「えーそろそろ、お祭りが終わりますので…」

彼を探した。活気は徐々に落ち、人々も帰ってゆく。祭り後の侘しさを感じる間もなく、町内会の人達は片付けに取り掛かっていた。彼を見付けると、待ち合わせの場所を告げられた。

「ルーチェのママには言ってあるから、先に行って待ってて。終わったら直ぐに行くから」

「うん、分かった」

片付けの方が気になるみたいで、体はほとんどこっちを向いていなかった。

ルーチェは近所にある、彼行き付けのイタリアン。庶民的で気取らないママがいて、彼はママととても仲が良い。

店に入ると、ママが明るく出迎えてくれた。

「いらっしゃい。話は聞いているから、席に座って待ってて」

厨房が良く見える真ん中のテーブルに座ると、ママが食事のセッティングをしてくれた。

「何か飲む？」

「ビールで」

彼がいないと身の寄せ方に戸惑ってしまう。泡の比率が丁度いいビールが運ばれ、泡が消えないうちに口を付けた。

「お祭り、賑やかだったでしょう。こっちまで太鼓の音が聞こえてきたもの」

どう答えていいか分からず、「はぁ」と頷いただけだった。

「食事はどうする？」

「来てからいいです」

「うん、分かった。片付け、早く終わるといいわね」

待っている時間は長く感じる。ママは他のお客の給仕に当たっていた。私はしばしば出入り口を見て彼が来るのをひたすら待った。

彼が漸くやってきた。相変わらずクタクタのタオルで汗を拭きながら笑顔で入って来た。

「いやー疲れた」

ママも待ちくたびれたように笑顔で出迎える。

「お疲れ様。片付けはどうでした？」

「まだやってるけど、俺は抜けてきた。でももう終わるよ」

「あらそう。先生は何飲みます？　ワインにします？」

「うん、そうだね」

分からないけれど、ルーチェのママは彼のことを先生と呼んでいた。理由は聞いたことはないし、聞くほど気にならなかった。

並々に注がれたワイングラスが運ばれてくると、コクコクと飲み、生還したように息を付く彼。程よくママが気を利かせ、料理を勧めてきた。

「お料理、どうなさいます？」

背もたれに預けていた背中を起こし、慣れた口調でママに注文する。

「サラダは入れてもらって、後は適当に出してくれる？」

私はやっと彼と話せる嬉しさで、注文する彼にときめいていた。

「あっ、何か食べたいものある？」

「ううん。大丈夫。それでいい」

彼に全てを任せた。料理が出来るまでママと彼はまたお祭りのことを話しだし、私はビールを飲みながら二人の会話を楽しんだ。ママと彼の話しぶりは常連客の枠を超えた親しさがあった。

先にサラダが運ばれてきた。サニーレタスがメインとなった、とてもシンプルなサラダ。彼はここのサラダが好物だと、ここで初めて聞いた。

「ここのドレッシング、美味しいから食べてみて」

口に入れてドレッシングに集中する。確かに美味しい。ドレッシングもシンプルでしつこくないオリーブオイルのコクが味わえる一品だった。

「ねっ、美味しいでしょ」

「うん、美味しい」

運ばれてくる料理に目を奪われながらも、宮ちゃんの話になった。

「宮ちゃん、ミナミのこと気が付いていなかったみたいだね」

彼は何か企んでいるようにニヤリと笑った。

「そうみたいだったね」

私もクスッと笑い答えた。彼は続けて面白がるように言う。

「あそこの店にいた時のミナミと雰囲気が違うから分からなかったかもね」

「そうかもね」

彼と出逢ったスナックでは周りからすれば比較的、服装も雰囲気も地味だった。それで気付かれなかったのか、それともすっかり忘れているのか、真意は未だ迷宮に包まれている。宮ちゃんのあの時の目は、探るような目付きだった。別に私は不快に思わず、どうぞ、というように堂々としたものだった。

お任せの料理を堪能しながら、笑い話に花が咲き時間はあっという間に深夜に近付いてしまった。

食事を終えると、今日は流石にルーチェの前で「またね」と別れた。クタクタのTシャツと、いくら笑っていても疲れているのは目に見えていたから引き止められなかった。

ビルの明かりに照らされた彼の背中に昼間の彼が重なった。今日は彼の活躍振りと沢山の顔が見られ、一層好きになった。私に見せる顔と友人や近所の人達に見せる顔に大きな違いがないことに、この人はやっぱり素敵な人で良かったとつくづく思った。どこでも笑顔で、優しくて、面倒な顔はしない。

少し歩いたところでもう一度、振り返ると既に彼の姿はなかった。「それもそうだよね…」と薄っすら笑みを浮かべ、家路へと急いだ。寂しいけれど今夜はお休みの電話はお預け。

～マックシェイク～

この日はお昼頃から彼が私のマンションに来ていた。二人でソファにもたれながらこの日の計画を立てた。

「ねぇ、どこに行こうか」私は体を起こして彼の方に向けて甘えるように少し上半身を寄せた。

「ミナミはどこがいい？」

暫く考え、何となく今日は新宿を避けたかった。

「牛タン、行こうか」

「よし、そうするか」

夕食は牛タンに決まると、折角だからボウリングもやろうということになった。

「場所は分かるの？」

彼は気にするほどのことでもないように言ってきたから私も薄い記憶を頼りにすることにした。それに、池袋をぶらつくのもいいなと思った。

彼お勧めの牛タン屋は、二人で既に数回足を運んでいた。特に好物という訳ではないけれど、ここの牛タンが切っ掛けで好きになった。その店は本場仙台にもあって、初めてそこの牛タンを食べた時は美味し過ぎて驚いた。ペラッペラッをイメージしていたから、分厚さにまず衝撃を受け、口に入れるとジューシーで歯ごたえもあって感動した。牛タンの概念が覆った。添え付けには唐辛子の南蛮味噌がしっかりと存在感を現し、単品で食べても牛タンに付けてもどちらでも美味しく頂ける。脇役も目立たない程度に印象があり、名バイプレイヤーを飾る映画みたいで一皿がちゃんとバランスよく調和を成していた。だけれど彼はそれを進んで食べようとはせず、『美味しいのに』と、いつも私がパクパク食べていた。

彼は鼻利きが良いのか、連れて行ってくれるお店は大概、美味しい。これも夜な夜なネオン街を歩いた勘が冴え渡るのだろうか。最も、彼と一緒であればどこでも楽しめるから、場所は結局のところどこでもいい。

ボウリングは、いつか二人で渋谷に行ったことが始まりだった。懐かしさと楽しさで一時、頻繁に行き、新宿でも行った。

久し振りの牛タンとボウリングで今日一日がまた楽しくなりそうな予感。

いつもと逆方向の電車に乗り、ドア脇にもたれてそのまま彼にぴたりくっつく。彼の顔を見上げ、こっちを向いてくれるまでじっと見詰めると目線を感じたのか、彼は口許を少し緩め直ぐに反らした。その顔が照れているように見えた。私は時折、そうやって彼をもてあそぶ。

池袋駅に着くとボウリング場の在処へおぼろげに足を動かした。彼の手を握りながら西口を出ると、巨大な商業施設を背に怪しげな雰囲気が漂う一帯へと吸込まれるように向かった。新宿の娯楽街とはまた違った趣を感じる。徐々に開発はなされているものの、新宿や渋谷に比べると古いイメージがあって、やや出遅れている感じが見て取れた。そんな街を彼は懐かしむようにポツリと言う。

「ここら辺に確か鰻の串が美味しい店があったな」

気になるみたいで急に探しはじめるから私も一緒に探すことにした。

「確かここら辺にあったと思ったんだけど…」

「何て名前なの」

彼はしっかりと店名を覚えていた。

すると、少し先の角に、その名前が刻まれた看板が堂々とあった。

「あった、あった。ここだよ」

看板を見上げ、思い出すように続けて言う。

「肝の串が上手いんだよ」

「ふーん」

鰻にあまり興味がなく、ましてや肝の苦味が苦手な私は簡単に答えた。

この一画は猥雑という言葉がぴったりだ。異様な空気が漂い、街の雰囲気がガラリと変わって、やさぐれた感じがする。五差路の右にあるその界隈は池袋の変容をずっと見守るように鎮座しているようだった。

ボウリング場が見つかった。

「あっ、ここじゃない？」

彼はそのビルを見上げ軽く小刻みに頷く。私は彼の手を引っ張り、逸る気持ちが抑えられなかった。

レトロな雰囲気たっぷりの建物の中は意外にも近代的な設備が整っていた。見た瞬間は大丈夫かなと思ったけれど、案外奇麗で、かまけていなかった。

エスカレーターでボウリング場まで上がると人は少なかった。賑わいは場を明るくさせるけれど、どちらかと言えば少ない方が動き易いし、煩わしくなくていい。たまに甲高い声や大声がすると自分の中で気分が崩れる時がある。何でも適度がいい。

スコア表に表示する名前を紙に書き込み、受付でレンタルシューズと一緒に申し込む。

「名前、どうする？」

「書いて。任せるよ」

フルネームは何だか堅苦しいから、名前だけにした。

【純一、ミナミ】

スムーズに受付を終えると、サイズごとに並べられているボウリングシューズの棚から互いに自分のサイズを取り出す。与えられたレーンに向かいながらワクワクしていた。

「純さん、後ろにボウルがあるから持ってこよう」

手に取って重さを確認し、二人で探し合い、何でも一緒に行動した。

「純さん、どのくらいで投げる？」

彼はボウルを持ち上げながら答えた。

「俺はこのくらいだな」

ボウルの用意が整い、いざ投げ出すと遊び心に闘争心が沸き、二人とも無邪気に楽しんだ。ストライクが出ればハイタッチをし、ガターが出るともう少し右だの左だのと笑いながら互いの投げ方を言い合った。彼の投げる姿や笑う顔を見ていると心地が良かった。そんな風に一緒に何でも真剣に楽しめる純真さにいつも心奪われていた。私よりも随分と年上だけれど、子供っぽさを感じる時が何とも可愛らしく思えた。

2～3ゲームをしてボウリング場を後にした。食事まで少し時間があり、街をぶらつくことにした。直ぐに手を繋ぐ。彼の手を握っていないと何だか落ち着かない。

ボウリング場から反対側の東口に向かった。正面の斜め向かいには大きな家電量販店があり、その周辺で彼の知り合いが飲食店で働いているというので覗いてみることにした。牛タンがあるからガラス越しにチラッと見るだけにしようと話し合い、通行人と同化するようにガラス張りの通りを歩いた。

「いた？」私が見えなかったのか、彼に聞いた。

「うん、居ないみたいだね。…休憩かな」

「牛タンの後、飲みにだけ行ってみる？」

「時間を見てから考えよ」

私はどちらでも構わなかったから簡単に「そうだね」と答え、時間を気にした。

「今、何時？」

夕食にはまだ少し早く、微妙な空き時間に宛もなく歩き始めた。知る限りの池袋の情報を頭の中で並べ、隙間時間をどうするか考えた。わざわざ喫茶店に入るまでもない、百貨店をぶらつく時間もない、興味のない店に入って時間を潰すのも気が進まないし、あれこれと頭を巡らしていると、数メートル先にマックの看板が見えた。気軽さに透かさず「マックに行こっか」と彼の腕を引っ張った。

二人でマックに入るのは初めてだった。彼は少し間が抜けたような顔をして「うん」と答えた。

「ねぇ、シェイク飲もうよ」と言うと彼は不思議そうな顔をして「何それ？」と聞いてきたから私は驚いた。

「えっ、マックシェイク知らないの？」

心の中で『マジか!?』という言葉が飛んできた。これは飲むしかないと、何かを期待するように彼を急がせた。私は面白半分に彼に聞いた。

「ケンタのチキンは食べたことあるでしょ？」

「それはあるよ。だけど、ここはないな…」

私の頭が少しこんがらがってきた。この世の中にマックシェイクを飲んだことがない人がいたなんて…!?

「えっ、マックがないの？」

「…そうだねぇ」

「じゃあ、ハンバーガーも？」

「…そうだねぇ」

「でも、ハンバーガーは食べたことあるでしょ？」

「それはあるけど、ここはないな」

「マック、がないのね」

面白過ぎて早く彼にマックシェイクを飲ませたくなった。

マックには老若男女がいて、混んでいた。彼はバニラを頼み、シェイクを手にして空いている席に急いだ。

「飲んでみて」

　彼がストローで吸い上げる様子をずっと見ていた。

「どう？　美味しい？」

「うん、美味しい」あっさり言うと、再びストローに口を付けシェイクを飲んだ。飛びぬけた様子はなかったけれど、味わいながらも宇宙食を食べているみたいな顔だった。

　彼のまた一風変わったところが見られ、こういうところも何か好きだなと改めて思った。

　マックシェイクを飲んだことがないなんて、今日一、いや、今まで生きてきた中で上位に入るくらいの衝撃だった。やっぱり彼って面白い。

～スポーツクラブ～

通っているジムでお試しの無料チケットを貰った。直ぐさま『よし、純さんに運動をさせよう』と意気込んだ。

彼の運動量は自転車で近所を走るくらいで、それ以上のことは何もしていなかった。

彼が自転車に乗っている時、私はよくちょっかいを出していた。後ろの荷台に手を掛けたり、走って追いかけたりして子供のように戯れ二人の世界だった。

ある日、私のマンションから自転車で帰る時のこと。いつものハットを被り、優雅に蛇行させながら気持ちよさそうに走らせる姿が、ボーラーハットにステッキ、がに股歩きのチャップリンを想像させた。その背中に向かって「純さ～ん、じゃあね」と手を振るとチラッとこっちを見て手を振り返してくれた。今でもその光景はくっきりと残っている。オレンジ色の夕日がとても綺麗な時だった。

彼の運動については、後に社交ダンスと、週に一度簡単な筋トレをするようになり、嬉しくて応援した。

社交ダンスのレッスンの話はよく話してくれ、先生とも年が近いこともあって話が合うようで楽しそうだった。若い頃は我流で踊っていたからと少し得意げにも正当なステップには難航しているようだった。それでも彼の陽気で前向きな姿は、休まずに通っていたことが証だった。その様子は私にもいい刺激になり、私はジム、彼はダンスと別々の場でも一緒に頑張っている感覚が張り合いにもなっていた。

無料チケットを彼に差し出した。

「ねぇ、無料チケット貰ったからジムに行かない？」

「いいよ。」

彼は簡単に答えた。私の予想通り。折角だから筋トレのレッスンも企て、タイムスケジュールを確認すると丁度いい時間にレッスンがあった。

「筋トレのレッスンもあるから、一緒にやろうね」

彼は頷くだけで、全て私にお任せといった具合で他に細かいことは何一つ聞いてこない。いつものことだから話は直ぐに済む。ここも私にとっては彼の好きなところ。

ジム当日、彼は慣れたフェルトハットを被り、二人でジムの門をくぐった。受付で無料チケットを見せると、入会並みの面倒な手続きを求められ、じれったくも私の代筆で記入を済ませた。

受付の女性はマニュアルに沿った言い回しで、すました顔で言ってきた。

「身分証明書、お願いします」

一回だけなのにと渋々、彼に伝える。

「身分証明書、持ってる？」

彼は財布から取り出すと、私の目を気にしながらスタッフに渡して確認が終わるとそそくさとしまい込んだ。いつもなら、「ミナミお願い」と何でも任せるのに、このことになると過敏に反応する。また始まったと思ったけれど、生年月日は秘密のままにしておきたいのだから、私は手を出さなかった。尤も、全く気にしていないから見たいとも思わなかった。それでも彼には気になることなのだから、いつも二言三言で終わらせていた。

「またそんな風にして…」

彼は照れくさそうに口角を少し上げ「いいの」と言う。

何年経っても、彼の用心深さは変わらなかった。合鍵を渡すくらいなのに、何故、そんなに気にするのか不思議だった。たとえ年齢を知ったとしても今更、何か変わる訳でもない。出逢った頃から年齢の差なんて私にはどうでもいいことで、何があっても変わらぬこと。これだけ一緒に過ごしてきたのだから、この愛と信頼は天と地がひっくり返っても寸分たりとも揺るがないのだから。

このことは彼が逝ってしまうまで彼の口からは聞くことはなかった。それでも私達の愛は、寧ろ素晴らしいほど成長していった。

受付は何とか滞りなく終え、タオルやウェアなどのレンタル一式を手にゲートを漸く通った。

更衣室の前で待ち合わせることにし、彼はまごつくこともなくすんなりと入っていった。

彼はレンタルウェア、私は自前のウェアでジムエリアへ向う。スタジオは一面、エアロバイクのレッスン室が一室あって、特徴はマシンジムが充実しているところだった。

「純さん、こっち」マシンジムが気になるのか、キョロキョロする彼を呼ぶ。

スタジオに入ると既に数名が場所を確保していて、いつものように後ろの方に陣取る。私の直ぐ斜め後ろに彼のマットを敷き、笑顔で合図を送った。優しい目が愛を届けられているみたいで嬉しい。彼が傍に居る幸せは一度も窮屈さを感じたことがない。この先もずっと見続けていたい人で、全てを受け止めたい。彼の場所が私の場所だから。互いにストレッチをしながらそんなことを思っていた。

暫くすると筋肉ムキムキのインストラクターがやってきて、いよいよレッスンが始まった。大音量で曲が流れるとスタジオ内が一気に盛り上がり、やる気が沸いてくる。音楽が始まると彼が楽しそうに笑顔になっているのを見て、来て良かったと思った。

インストラクターが動きを説明しつつ、実際にトレーニングをやって見せる。

「はい、やってみましょう」

張りのある声をスタジオ中に響かせ、各々のタイミングで動き始めた。

彼が気になり、笑顔で声を掛ける。

「純さん、大丈夫？」

彼は笑顔で頷くも動きに必死だった。

次々と新しい動きに入りどんどん進んでゆく中、何とか付いてこようとする彼の姿が健気に目に映る。心中では『頑張って』と励ましていた。

私は慣れているとは言え、筋肉にじわじわ効き始め、この快感が病みつきでトレーニングが止められない。二十代の頃から続いているジムは、そんな私の一つの拘りともいえる。

彼のことが気になって新たな動きに入る毎、彼の方を向いた。

「大丈夫？　見えなかったら、私の動きを真似すればいいからね」

彼は笑顔で頷くけれど辛そうだった。四つん這いになると足がプルプルと震えているのが見え、硬い彼の体は悲鳴を上げ顔には汗が滴り落ちていた。少し自分がサディスティックになっている気もした。

一時間弱のレッスンが終わり、体中に疲労を残したまま二人でマシンジムエリアに向かった。疲れはいつしか蒸発するように消え、彼は色々な器具を興味深く試していた。私は後を追うように付いて行き、横で数をかぞえたりしてずっと付いていた。目が合うと互いに笑みを浮かばせ、「これ、どうやるんだ？」などと会話を挟みながらほのぼのした時間だった。

「そろそろ行く？」

私は時計を見て言った。時刻は夕方近くになり、シャワーを浴びれば丁度いい時間。彼は軽く「うん」と言って、また更衣室の出入口で別れた。

ジムを出ると風が気持ちよかった。シャワーを浴びた彼の艶っぽい肌が空に照らされ茜色に染まり、うっとりした。夕空を見上げフェルトハットを少し斜めに傾け直し彼が言う。

「もう行こうか」

新宿が恋しくなったのか、私は笑顔で頷く。

「うん」

運動後のビールは喉越しがよくスイスイと進んだ。さっきまでの筋トレ効果をアルコールで打ち消してしまうことなんて気にせず飲んだ。そんなことは途中のどこかに置いてきてしまった。串に刺さった肉を頬張り、ジムの話は然程せず只々、アルコールとお気に入りの串を楽しんだ。

「ミナミ、次は何を頼む？」

「んー…。純さんは？」

「レバーはもういいの？」

「そうだね、食べようかな」

彼が店の人を呼ぶ。

「すみません、レバーとシロ」

狭いカウンターも愛する人が隣であればキャビアが置かれている場と同じくらい上等な雰囲気になる。

ジムに行った甲斐があったのか、結局、飲みでこの日は締めくくった。

～ＶＲ（バーチャルリアリティ）～

　ネットでバーチャルリアリティ体験ができる場所を見つけた。ジェットコースターといったスリルある乗り物が大好きな私は直ぐに飛び付き彼を誘った。

「ねぇねぇ、これに行ってみない？」

　携帯を彼に差し出し、動画を見せた。

「えー、こんなの乗るの!?」

「うん。楽しそうでしょ？」

　彼は気が進んでいるような、そうでもないような曖昧な感じに見えた。行くけれど乗らないよという感じにも取れたけれど、兎に角、一緒に楽しみたいのと、私のサディスティックが少し働いたことも正直あった。取り敢えず、乗るか乗らないかは決めずに行くことにした。

　彼は私が誘うものは殆どノーとは言わない。今回のバーチャルリアリティも含め、いつも一緒に楽しんでくれる。そんな彼でもたった一度だけ断ったことがあった。

　八景島シーパラダイスに行った時、バイキングに乗ろうと誘ったら、大きく揺れ動く船を見て即、「俺はいい」と。

それ以降、大体は一緒だった。春になればお花見、上野の展覧会や横浜の散歩、水族館、映画、舞台にと、私の好みであちこち足を運んだ。「行かない？」と誘うと、「いいよ」と、小気味良く返ってくる。

彼は私に必要な学びと経験を与えてくれたと同時に、もしかすると彼の思い出作りの手伝いもしていたのかもしれない。そう思えば少しは救われる気がする。

数日後、池袋にある超高層ビルへ向かった。平日のこともあるのか、人はまばらで動きやすかった。

会場までは高速エレベーターで上がってゆき、宇宙空間漂う演出にワクワクした。

彼と出掛ける時はいつも遊びに夢中になれた。親が子供を遠くからでもちゃんと見ているように、穏やかな笑みを持って私を自由にしてくれていた。だからその空間をただただ気持ちよく泳いでいるだけで良かった。

扉が開かれると光が差し込んできた。そこは一面硝子窓となっていて、池袋が一望できた。

高層からの風景に見惚れながら自分のこれからのことがふと思いつく。そびえ立つビル群が問いかけてくるように、色々な思考が巡ってくる。この星で自分は一体何をしに来ているのだろうと不安と期待、虚無感とが脳裏を通過してゆく。そのうちに、生きる難しさと人間の強欲が生み出すものに寂寞たる世界が覆ってくる。

神話に登場するバベルの塔は、天にも届く神の領域まで伸びてゆく塔だが、目の前に広がる景色は地平線に向かって横へ横へと拡大していっている。自分は一体、どこへ向かっているのだろうか。バベルの塔が結局は崩れ落ちたのと同じように、いつかバランスを崩し不憫に倒れてしまわないかと思う。人間の心なんて欲だらけ。答えのみつからないことに歯痒くいる。

大概、高いところから眺めているとそんな風に耽ってしまう癖がある。ふと横を向くと彼の笑顔で我に返り、いつも助けられている。

アトラクションの方に向かうと、幾つかある中でスリル感がより味わえるものを体験することにした。怪訝に物体を見る彼に単刀直入に言った。

「これ、乗ろうっ」私は満面の笑みで、目でも訴えるように言った。

「絶対に面白いから。絶対だから」

彼は私の真剣さに覚悟したのか、頷きながらぎこちなく答える。

「分かった…」

アトラクションを見て不安が増して、また聞いてくる。

「おい、本当に大丈夫か…」

そんな彼の気掛かりはお構いなしにさっさと先に乗り込んだ。

「じゃ、私、先に乗るね」

筒形の筐体に自ら乗り込み東京の空を飛ぶ設定で空中散歩する。絶叫マシンが平気な私は当然のことながら何の問題もなく、爽快感を存分に楽しんで格別だった。

「滅茶苦茶、楽しいよ」

いよいよ彼の番。怖気付いた様子に可笑しくてなってクスクス笑ってしまった。

映像が始まった瞬間、彼が叫んだ。

「うぁー…、うぉー…、ひゃぁー…、何だこれー…足が、足がー…」

彼の悲鳴が辺り一帯に響き、背中を丸めて笑いが止まらなかった。

すると急に悲鳴が止み、持ち手をしっかり握り締め、固まったようになった。不思議になって私も固まってしまった。どうしたの!?

映像が終わりゴーグルを外すと、気力を全て使い果たした様子の彼。少しよろめき、訴えるように言ってきた。

「足が浮いているから心臓がバクバクだよ」

人の不格好な姿には悪気が無くても可笑しくなってしまう。つい吹き出して笑ってしまった。

「途中から何も言わなくなったけど、どうしたの？」

「目、閉じてた」

私はまた笑って、暫く笑いが止まらなかった。純真で誠実、やっぱり彼がいいと愛おしくなった。

～秋の散策～

ある日、彼から紅葉に行かないかと誘われた。

「六義園に行ってみない？」

情報番組で六義園の紅葉風景が流れていたのを見て行きたくなったのだという。

「うん、行こっ」

彼から言ってくるなんて滅多にないことだから嬉しくなって直ぐに日程を聞いた。

「いつにする？」

金沢の兼六園が浮かび一瞬、迷った。

「六義園って、どこにあるの？」

「文京区にあるよ」

近いことが分かると気軽さに直ぐ行けそうな気がした。心の片隅では来週あたりにでも行きたい気分だった。続けて彼が言う。

「歯医者の女の子がそっちの方に住んでるんだって」

「ふ～ん、そうなんだ。…何で知ってるの？」

「前に聞いたんだ。そしたら六義園に近いんだって」

私が紹介した歯科医院では、いつの間にスタッフや先生と仲良くなっているみたいで嬉しかった。

彼の素敵なところは、誰とでも態度を変えずにコミュニケーションを取ることだった。しかもごく自然に。おまけに目尻を下げ笑顔で喋り、大きな態度は決して見せない。自分が何者かを充分知っている感じに見えた。お金をたくさん持っていようがいなかろうが、地位や権力にさえ柔和な心で包み込み、その場の雰囲気を和みに変えてしまう。そんな彼を見る度、自らの行いに恥ずかしさが滲み出る。

私がちょっとカリカリしていると、「もっとゆったりとしなさい」と口調は柔らかでも胸に突き刺る言葉を放ってくる。面食らうも、何も言い返せず、すねながら黙って聞くしかなかった。

思い起こせば単に二人で色々なところへ出掛けただけでなく、人として大切なことも教わっていたのだと今更ながらつくづく思う。なんて貴重な時間だったのだろうか。彼のどこか達観している姿はいつも羨望の眼差しで、どんどん惹かれてゆくばかりだった。

紅葉には今が丁度いい時季だから、なるべく早めの日に決めた。行き方を聞くと歩いて行こうかと言い出してきた。

「東京ドームから歩いて行く？」

「歩いて行ける？」

「行けるよ。そんなに遠くないから」

「じゃあ、どうやって行くの？」

「白山通りをずっと真っ直ぐに行って、どこかで曲がればいいんだから」

携帯で地図を見て何となく納得した。当日は携帯があればどうにかなるだろうし、二人でのんびり秋の空気を感じながら歩くのもいいなと思った。それに彼を独占できるのだから楽しい筈。

東京に居ると歩くことがただの移動だけになり、周りの景色や木々に無関心になってしまいがち。四季を無理に感じようとしなくても、心の余裕や情緒は持っておきたい。

地図上と実際に歩くのでは違いがあるだろうと少し不安に思い、彼に再び歩きで行く覚悟を聞いてみた。

「でも、もし疲れちゃったらどうする？」

「そしたら途中からタクシーを拾えばいい」

いとも簡単に言うから呆気に取られた。

「…そうだね」

爽秋の日、ウォーキングには絶好の日だった。二人でまず東京ドームを目指した。彼はここら辺の土地勘もお手の物で、安心して手に引かれるまま付いて行った。いついつもより彼の腕にそっと体を寄せ、体温を感じるくらいぴったりと密着させた。程なく彼を見上げると、首筋から黒のフェドーラ帽が目に入り陶酔に浸った。いつもながらによく似合っている。

迷いなく進む彼はドーム周辺の商業施設に入って行こうとし、思わず彼に聞いた。

「どこ行くの？」

「ここを抜けて行けるから」

探検するみたいでワクワクした。もう私にはどこを通っているのか分からない。

白山通りに出ると、やっとスタート地点に付いた気分になった。歩くのは苦ではないけれど、心の奥ではどのくらい歩くのだろうと行く方向に流れる車を眺めた。巣鴨方面に体を傾け彼に聞く。

「こっちだよね。」

彼は頷くと、秋空を見上げて気持ちよさそうだった。

「晴れて良かったね」私が言う。

「うん。良い天気だ」

彼の横顔を見ていたら肌に手を伸ばしたくなってしまった。

時間を気にせずゆっくり二人で鮮やかな落葉を踏みながら歩いた光景が今でも脳裏に浮かぶ。

白山下まで行くと二股道に迷い、携帯の地図で確認した。

「こっちだね」と言うと、彼は細かく頷きまた歩き続けた。

この先は千石まで学舎が並び、街路樹がその一帯を飾っていた。路面が黄色に染まり、まるでアイルランナー（バージンロード）を彼と歩いているみたいだった。本当に歩けたらどれだけ幸せなことか。

この時のことを思い返すと、彼が後ろで微笑んでいるのかと思ってしまう。

千石駅近くになると六義園の看板が目立ち始め、それを頼りに向かった。

ここまでの時間はあっという間だった。時の尺度とはそういうもので、心の満たされ具合で変わってくる。もし彼と一緒になれたら二十四時間、三百六十五日、ずっと満たされっぱなしだ。幸せ過ぎて罰が当たらないだろうか。こんな可笑しく馬鹿げているこかもしれないけれど、結構、本気で考えた。

交差点で信号待ちの時、彼の腕に寄り掛かった。目の前は六義園、あと少しで彼との散歩が終わってしまう。彼の腕を更に自分の方に引き寄せ、頬にほんの少し近付けて香りを嗅ぐように目を瞑った。彼はクスッと笑いながら優しく私をあやす。

「いいから…。そういうのは後で…」

「何で？」

私は不満の表情で頬を膨らませた。

「こういうことは秘め事ですから」

その言い方に何だか可笑しくなって小さく笑ってしまった。頬に軽くキスするくらい、欧米だったら挨拶程度なんだからと言いたくなった。

そのうちに信号が青に変わり、再び彼の腕を掴んで先を急いだ。

交差点を抜けると閑静な住宅街が続き、人の流れが六義園に向かっているのが分かる。行く先に小さな人だかりと赤茶の外壁が見えてきた。

重厚感たっぷりの入り口は、明治の文明開化を思わせる煉瓦造りの門構えは魅力的に感じた。

園内は奇麗で庭園は抜かりなく手入れが施されている。小高い築山から全体が見渡せ、贅沢な時間が流れた。日々の不安やつまらないいざこざ、小さな心の傷までもが癒えてゆき、二人でのんびり芸術を堪能した。

綱吉も巨大な組織の統制の日々の疲れを癒していたのだろうか。人間の恒久の安らぎは自然から享受していると感じる。心を一つにして静謐に浸ると日常の棘が取れてゆく。

大泉水を回り終え、売店でみそおでんと甘酒を頼んだ。ドームから歩き続けた足と胃袋に染み渡ってゆく。こののんびりした時間、ただ座っているだけで甘美なひと時を与えてくれるのはただ一人、彼だけ。甘酒の湯気の揺らぎに酔わされてゆくようだった。

夕刻、いつしか空がオレンジとピンクに染まり鮮やかになっていた。彼は椅子から剥がすように腰を上げた。

「さっ、飲みに行こうか」

気持ちは既に酒場の方へ向いていた。私もみそおでんで回復し、次の場が楽しみだった。彼の手を再び握り、ブラブラ振りながら門を出た。

本郷通りを出て駒込へ向かう先に駅が見えてきた。この周辺は繁華街がない街ゆえに駅は帰宅のサラリーマンや学生達で賑わっていた。信号の点滅が、急かされているようで彼の手を少し引っ張った。

「あそこの串屋、混んでるかな？」と彼に聞く。

「どうかな…」

彼は相変わらずゆったりとしていて、私のせっかちがよく目立った。そんな私に彼はいつも柔らかい声と寛容な心でなだめられているようだった。

この日の紅葉は夜遅くまで続いた。

～お湯遊び～

お風呂の時間は、大概ふざけ合っていた。手を組んで作る水鉄砲で掛け合いをしたり、その場で考え付いた遊びをしたりして、前半はそんなことで時間が流れてゆく。笑い声と水の跳ねる音が風呂場中に充満し、童心に返ったように何のためらいもなく戯れ合っていた。

お湯が張られたバスタブに彼好みの入浴剤を入れ準備を整える。入浴剤はいつも入れていて、温泉成分の入った乳白色のものを使っていた。

向かい合って入ると、前回の続きで私は水鉄砲をやり始めた。彼はこれが苦手でいつも私に掛けられてばかり。

「出来る？」手を握手の形にして水鉄砲をやって見せた。お湯が勢いよく飛んでゆき、彼の顔に掛かった。彼は直ぐ反撃をしようとやってみるも組んだ手の隙間からお湯が漏れて飛んでゆかない。何度も組み直してはやってみるの繰り返しで私もじれったくなっていた。

「俺、上手くできないんだよ」

彼が両手を差し伸べて言う。

「いい、組み方をよーく見てて」

彼はゆっくりやって見せる手を見詰めながら、何とか習得しようと自分の手と格闘していた。それでもなかなか思うようにはいかず、仕方なく彼の手を取り、指を絡ませ教えた。

「これでどう?」

やってみるけれど、やっぱり上手くいかない。まごついている彼を見ていたら遊び心に火が付き攻撃をした。連続で飛ばし、何度も彼の顔に命中。目を瞬かせる彼に、これでもかとクスクス笑いながら続けた。払っても掛かってくるお湯に彼は必死に攻撃を試みるも一向に当たらない。嫌気が指したのか、躍起になって手の甲でジャブジャブ掛けてきた。私も負けずに手の甲に切り替えジャブジャブ掛けた。互いに激しくお湯を掛け合い、バスタブの中が嵐状態となった。それでも二人ですっかり夢中になって、まるで子供の水遊びだった。

どちらかが止めないと終わらない事態に彼が「もういいから」と掛かってくるお湯を手で防御しながら交戦の終わりを求めてきた。

「水鉄砲、練習しなきゃね」

「家でも練習してるんだけどな…」

私はクスっと笑い、彼のどことなく少年っぽいところが可笑しくなった。すると彼が目を瞑り、お湯を味わうようにバスタブに背中を預けた。

「少し静かに入ろう」

あんなに騒がしかったお風呂場が急につまらなくなって、お湯が揺れる音だけになった。顎まで浸かると、彼の後を追うように目を瞑った。天井から落ちてくる水滴が湯舟に落ち、時折、静寂を破る。見上げると幾つもの粒が小さく揺れながら待ち遠しく待っていた。

この静けさはいつまで続くのかと気になって薄目を開けると、彼はまだ目を瞑ったまま。堪えきれず、そっと気が付かれないよう水面すれすれのところから水鉄砲を発射させた。彼の顔に命中し、やった！　と思った瞬間、彼がそっと目を開けて真顔になった。

「少しは静かに入ってなさい。もぉー」

柔らかな声でチクリと刺してきた。お風呂の時間には時折あることで、寧ろ、それも楽しんだ。だってずっと構って欲しいから。

こんな風に年甲斐もなく一緒に楽しんでくれる彼。子供心に返れる気楽さがあった。

ここまでの関係になるまでは時間はあまり掛からなかった。初めて出逢った頃はフェルトハットが印象的で紳士の雰囲気がたっぷりだった。どこか他の人とは違うものを感じ、番号の交換をしてからは流れるように関係は進み、打ち解けてゆくのは早かった。純粋さと優しさ、謙虚さが私の心を掴み、ずっと傍にいたいと思った。そして心から愛し、自分の全てをさらけ出せるほど信頼した。だから今でも愛おしい。

お風呂から上がると、水に浮くアヒルの玩具が閃いた。お風呂の時間がもっと楽しくなりそうで、想像したら可笑しくなってきた。

お風呂から上がると、既にソファに座っている彼。引っ付き虫のように直ぐに寄り添い、火照った体を休めた。彼の腕に顔を埋めると瞼が少し重くなってきた。アヒルはアマゾンで検索してみようとウトウトしながら考えた。

～犬と猫～

　ある夜、夕食を終えてからソファでテレビを見てくつろいでいた。横になっている彼に恒例のことを聞く。

「耳掃除する？」

　待ち望んでいたように、「うん。やってやって」と私の腿に頭を横にして乗せてきた。

「ちょっと待って、クッション置くから」

　頭の下に丸いクッションを敷くと、気持ち良さそうな顔をする彼にそっと上から頬に口づけをしたくなった。

　彼の耳掃除は私のしたいことの一つでもあった。気持ち良さそうな顔が、この時ばかりは母親になった気分で奇麗にしてあげたかった。彼から出るもの全部が何だか愛おしい。こんなのって変かもしれないけれど、何を見せられても愛する人だからという一言で理由がつく。

　何かして喜ぶ、満足そうな顔になる、ほんの少し微笑む、見詰め合ったり笑い合ったり、この一連が嬉しくてたまらない。きっと幸せはこんな何気ない日常にあるのだと今は思う。

「はいっ、綺麗になったよ」

「あー気持ち良かった」

耳に指を突っ込みながら再びテレビに目を向け、時計を見ながらチャンネルを回す。こんな時間を過ごしていると、一緒に暮らしている気分に陥る。このまま帰って欲しくないと思う自分が悪なのか、それとも深く愛し合う真っ当な感情に正当化したりして、色々なことが頭を巡らす。一層のこと一緒になりたいと何度か考え、伝えたことがあった。

「ねぇ、一緒になる？」

彼は少し無言になって、ありったけの優しい言葉を使い、その話をオブラートに包み溶かしていった。優しい断りに沈鬱になる。婉曲した言葉の陰には、しっかりと先々のことを考えている、彼なりの思いやりと最善の優しさがあったことが分かる。それでも私は先がどうなろうとも、彼をずっと支えてゆく覚悟と愛し続ける自信があった。でもそれは彼にとって拭えない不安だったのだろう。全ては彼の優しさ。彼のためだったら私はどうなってもいいのだから…。

テレビを見ている彼を横でボンヤリと眺めていた。すると頭の中で、また私のおふざけが思い浮かんだ。

遊びと言っても悪ふざけ。簡単には、思いっきり彼にじゃれつきたい一心からの名案。

くつろいでいる彼にいきなり問いかける。

「ねぇねぇ、犬と猫、どっちがいい？」

彼は怪訝そうに反応する。

「んっ!?」

「だから、どっちがいい？」

彼は私がまた何か企んでいるのだろうと薄々気付いた顔付きで答えた。

「…じゃあ犬」

「分かった、犬ね」

私はオチのことが可笑しくて吹き出しそうになった。

「何？　また何かやろうとしてるんでしょ」

彼は絶対に何かが起きると感じたのか、少し後退りするように私から離れた。

「犬はね…」と言って、飛び付いて彼の体中を嗅ぎ回った。まるで犬が遊んで欲しいとせがむようにクンクンした。

「もういい、もういい、いらない」

それでも私は止めず、ソファの上で格闘状態。

「だって、犬がいいんでしょ」

「だから、もういらないんだって」

まだ私の嗅ぎ回りは終わらない。彼も笑いが止まらないのか、懸命に体をよじらせたり、手で抑えたりして私を止めさせようとする。

すると、笑いながら「じゃ猫は」と彼が言ってきた。私は楽しくなってきて、はしゃぐように彼に覆いかぶさった。

「猫ね。猫は―」

今度は猫がすり寄ってくるように彼の体にこすりつけてスリスリと纏わりつくのだ。

結局、犬も猫もどちらを選んでもくすぐったいのがオチ。

「もう、いいから…終わり、終わりだってば。…くすぐったい…」

この遊びに夢中になると時間はあっという間に過ぎてゆく。

懐かしみながらも、こんな私をどう思っていたのか、あの世と交信が出来るものなら彼に直接聞いてみたい。時折、そんなことを考えてしまう。彼にとって私はどんな存在であったかを確かめたくなる…。

ある時、「ミナミみたいに付き合う娘は初めてだよ」と言われたことがあった。私は目が点になり、一瞬どういうことだろうと考えた。これは瞭然たる良い方の解釈を取った。そしてまたいつかも、私を一瞬見詰めて「一緒に居過ぎたな…」とポツリと言ったことがあった。この裏には何があるのか、様々に受け取れる言葉だけに釈然としないけれど、何となく笑みが零れた。

数日後、また二人でソファでくつろいでいるある日のこと。

「ねぇ、犬と猫、どっちがいい？」

彼はまたかとクスッと笑いながら答えた。

「いい、どっちも要らない」

駄々を捏ねるように私は言う。

「ねぇ、どっち。…どっちか言ってよー」

彼はわざと間を空けて言う。

「だから、もぅい・ら・な・い」

「イジワル」

私は胸の内で次の作戦を練る。今度はどんなことをして彼をぎゃふんと言わせようか楽しくなってくる。彼の笑う顔って本当に私の癒しだから。

～近所の定食屋～

今日は彼と一緒にご飯を食べる日。朝からハッピーな気持ちだった。この日に限ったことではなくいつものことで、週に何回かの彼との食事は丸一日が欣快の至りとなる。大袈裟でもなんでもない、本当のこと。嫌なことがあっても、彼と会えば全てが帳消しになってしまうくらい最強の守り神だから。

この日も朝起きてから『今日は純さんに会えるぅ♪』と鼻唄交じりに身支度を整える。

そして駅のホームに着くと、彼にジョークの電話を入れた。

「今、何してる?」電車の走行音とアナウンスを交え、クスクス笑いながらだった。

「何って、仕事に決まってるでしょ」実に当たり前のように答える。彼のことだから、きっとまた私がふざけて電話をしてきていると勘付いているに違いない。

「どうした?　何か用なの?」彼が続けて聞いてきた。

「ううん、別に用はない。ただ電話しただけ」可笑しくて、誰もいないホームの端の方に行って笑った。

「何だよ、そんなことしてたら全然、仕事にならないでしょ」

彼の笑っている顔が浮かんだ。ただ彼の声を聞きたかっただけ。朝のラッシュ時のホームでこんなことに時間を費やし一日が始まる。朝の電話はこれで二回目。

夕方近くに帰宅し、自宅で彼が来るのを待った。少し髪や身なりを整え、今日はどこで食事をしようかと色々な店を頭で巡らす。

彼はいつも「どうする？」と私に尋ねてくる。聞き返すと、「俺はいいから、ミナミの行きたいところでいいよ」と決まった答えが返ってくる。こんなやり取りの往復を省くためにも予め候補を幾つかピックアップしておくのが通例のことだった。

私のマンションに待ち合わせたのは他でもない、今日は近所で食事をすることが前提。最近、近所に美味しくて雰囲気が良いお店があることを知り、よく行くようになった。

商店街の通りにはエスニック料理やイタリアン、洋食屋、焼鳥屋、居酒屋とバラエティ豊か。灯台下暗しでもっと早くに行っておけばよかったと思った。

店の見つけ方は自分達の足で稼いだ。要は場数で、ブラブラ歩きながら目に付いたところに入り、少しずつリストを増やしていく。

約束の時間になって彼がやってきた。今日は黒のフェルトハットに首にスカーフを巻いていた。ソファに座ると、いつもの如くどこに行こうかと聞いてくる。

「ねぇ、あそこの古びた店に行ってみる?」

「うん、いいよ。行ってみようか」彼も興味津々に見えた。

その店は以前から二人で気になっていた店で、前を通るといつも豪快な笑い声が聞こえ、常連客で賑わっていた。店名は〝わかな〟と昭和チック。外観は年月を経た重みがあって、新参者は入り難いねといつも通り過ぎていた。

ある時、気が付かれないよう格子窓から中の様子を覗いた。手書きのメニューには家庭的な料理が並び、達筆とは言い難い文字と白髪を後ろで束ねた女主人に、何か面白いことがありそうな予感がした。

漸くと言うべきか、念願叶ってと言うべきか、その時がいよいよ目の前にやってきた。また同じ常連客の堂々たる笑い声が外まで響いていた。引き戸に手を掛け、彼に合図を送る。暖簾を潜った瞬間、一斉に客達が不審者を見るかのような視線を送ってきた。常連客で成り立っているその店は何だか妙な緊張がある。

丁度、席が空いていた。小さな店で四人掛けのテーブル席が五つあって、席の間隔が異様に狭い。夫婦で切り盛りをしていて、いかにもお父さん、お母さんの言葉がぴったりの店主だった。

「そこ、空いているからどうぞ」

女主人は手を動かしながら素っ気ない案内だった。

彼と私で満員になったその店には年金暮らしの物静かな小さなお爺さんや、何をしているか分からないけれど毎日のように訪れるメガネの口煩いおじさん、色黒で体の大きい熟年男性、五十代くらいのカップル、声の大きい熟女、パンチパーマが伸びきった熟男など種々様々だった。

唯一の楽園に群衆が羽を伸ばしている、そんな風にも見えた。皆、口合わせをしたかのように集い、相席でも平気で会話が飛び交ったり、席を跨って話してきたりと、最初は少し圧倒されてしまった。でも、こういった場は慣れてしまえば仲間意識が強くなり楽しいもの。

二人で壁紙のメニューを見ていると女主人が注文を取りにやって来た。こなれ感があって、客のジョークにも上手くあしらい優しくて面白い人だった。

「飲み物はどうします？」

瓶ビールと彼は焼酎のお湯割りを頼んだ。洒落たお酒なんてものはない。お酒を待っている間に常連客の数人が物珍しそうに私達に話し掛けてきた。彼はごくナチュラルに笑顔で答えると、彼らも直ぐに打ち解けてきた。

酒場での意気投合は相手の何かを瞬時に見分けるのか、私達がここに認められるのに時間はそう掛からなかった。

場所によっては難しい場もあるけれど、ここは全く感じさせなかった。ここの店主を見ていれば分かるし、集まってくる人達も変な縄張り意識を持たない単に楽しく飲んでいるだけだった。ここはこの町の労働者が集まるアットホームな定食屋。

ただ一度だけいざこざに出くわしたことがあった。店主も慣れている感じで、間に入らず周りに任せ、常連客の何人かが収め役となり、直ぐに元の楽園に戻っていった。

料理は特別な食材は使わず、ごく家庭的なものだった。鯖の味噌煮や野菜炒め、トンカツ、生姜焼き、卵焼きといった具合。それがとても有難く、胃袋と心が掴まれた。

初日ですっかり馴染んでしまい、彼と私は直ぐに気に入ってしまった。それから何度か行くようになり、いつしか常連客という古株と交わって飲んだり、店主のことも「お父さん、お母さん」と呼ぶようになり、お喋りも気軽にするようになっていった。もうここの常連客の一員と認められたのも同然だった。

お母さんは彼のことをとても気に入っていて、飲み物は「いつものね」で通じる間柄で、いつしか特別なコースターを添えるほどだった。

フェルトハットに柔らかい声が古株達にはない風貌だけに、この店に新たな風を吹かせたからだろう。古株達もそれを感じてか、彼に話し掛ける時は他のメンバーと少し様子が違っていた。

数日後、再び足を運んだ。少し重い引き戸を引くと、いつものメンバーに一人二人欠けるくらいで賑やかさは変わらなかった。

古株の一人が「よぉ旦那、ここ空いてるよ」と威勢よく席を案内してくれた。彼は笑顔で「あぁそうですか、どうも」と。この頃には既に慣れっこになっていて、古株の会話にも何なく受け答えするようになっていった。

「どうも」私が隣の古株に愛嬌よく挨拶をした。その古株は唾が飛んできそうな勢いの喋りで少し気になるけれど、笑顔でいるしかなかった。これも有難いコミュニケーションだから雑には出来ない。

お母さんが笑顔で迎えてくれた。

「あら、いらっしゃい」

いつものように彼には特別なコースターの上に焼酎がトンと置かれた。

この日も家庭的な料理を堪能し、食べ終わる頃に彼がラストの注文を聞いてきた。

「目玉焼き、最後に頼む？」彼の声が古株にかき消されそうで耳を彼の方に寄せた。

「うん、頼む」

最後に目玉焼きを何回か頼んだことがあって、それを気遣って聞いてくれたのだ。

締めの目玉焼きが運ばれてきた。見ると一つ多かった。いつもはレタスの上に二つ乗せられているのに、今日は三つあった。

「あれっ、一つ多いよ」私がお母さんに言った。

「お父さんよ」お母さんが顎で指した。

「お父さん、有難う」

父さんが照れくさそうに瞳を細めフライパンを振っていた。

「いいから、食べて」

こういったお店は大切にしたいと思った。

幸せは、どんな高価なものよりも心の充実に勝るものはない。奥深くに届いた感動は長く、そして鮮明に残る。

ある日、お店が閉まる二十時近くにインコのおばさんがやって来た。いつもこのくらいの時間にやってきて、夕食を済ませているのを時折、見かけていた。勿論、インコのおばさんとも話をする仲で、インコの可愛がり振りを聞いたりしていた。

長話は食事の邪魔になると思い、区切りのいいところで私達は先に店を出ることにした。

店を出ると二百メートル先にあるピザ屋を思い付き、お父さんとお母さんに差し入れをしようと二人で小走りで向かった。

ピザを買って急いで店に向かうと既に暖簾が仕舞い込まれ、戸を軽く叩いた。

「どうしたの？」お母さんが忘れ物を聞くように言ってきた。

「ピザ、買ってきたの」

袋を掲げて焼きたてのピザを渡した。

「うわぁ、ピザだってよ、お父さん。有難う」

とても喜んでくれるお母さんが可愛らしく見えた。

それからインコのおばさんも一緒に皆でピザを頬張った。

一見、見過ごしてしまいそうなお店だけれど、こういった場所に温かさがあるのだと感じた。

〝わかな〟は彼が亡くなるまで通い、お父さんとお母さんにもたくさん良くしてもらった。有難い。お酒も料理も古株達も全てが懐かしい日々。今でもその光景が目に映し出され、文字がぼやけそうになる。

～争い～

よく喋り、よく出掛け、よくふざけ合い、派手な喧嘩もした。途轍もなく愛した分、途轍もなくぶつかった。でもそれは全て私の我儘からだった。今では心が痛むほど自分の誤りに罪の意識が重く圧し掛かり、良心の呵責に苛まれる。

反省を込めて思い起こせば、本当にバカが付くほど幼稚だった。彼はわきまえも充分にあって、度量が深く、優しさもある人。私はそれに甘え過ぎていたのだ。そんな彼が本気で怒った時は怖かった。

一度、戦場のようになったことがあった。心の奥底では自分が悪いことは分かっているのに素直になれなかった。何度も立ち向かう私に飽き飽きしながらも、彼はしぶとく折れなかった。押し問答の末、彼の怒りが一気に沸点に達し、それからは引くに引けず、醜い展開になった。

互いを傷付け合い、残るのは寂しさと虚しさだけ。ここまでなるなんて思ってもいなかったから、いかに私の我儘とお粗末な行動が彼を怒りの境地に達するまでにさせたか。馬鹿な私だ。

それはある日のこと、些細な言い合いが始まりだった。腹の虫が収まらない私は彼にしつこく言い続けたことで軋轢が生じ、大惨事となった。取っ組み合いの印象が大き過ぎて細かいことは覚えていない。きっと、『する、しない』といった類のことだったと思う。

　彼も絶対に折れない態度でこの日は強気に向かってきた。互いに興奮状態となって我慢しきれず私が手を出してしまった。

　この不意打ちによって真珠湾攻撃のように一気に戦争が始まり、何の得にもならない時間をどちらかが疲れるまで続いた。

　互いに腕やら手、上半身を掴み合い、酷いものだった。男の力量を改めて知り、少し怖くなったけれど負けたくない、敗北の旗を自分から上げたくなかった。

　いつも優しいだけあって、あの時の彼が本当に怖かった。心の奥底では『分かった分かった』と言って抱きしめて欲しかったのが本心。自分でも悪いことをしたのは分かっている。引き寄せてくれたら彼の胸で一杯泣けるのにと…。

　座り込んだ私の前に彼が腰を落とし、諌めるように言う。

「いい、分かった」

　強情な私はそれでも反抗した。

「うるさいっ、いいの」

「まだ分からないのか」

「だって、そんなんじゃ行かない」

私は子供のようにワンワン泣いた。鼻水と涙が一緒になった顔を手で拭いながら、心の中では『抱き締めて』と叫んでいた。傍から見れば、まるで親が子供に叱っているみたいに見えるだろう。

互いに全力疾走したような息遣いで、小康状態が暫く続いた。彼は依然と前に腰を下ろしたまま、しゃくりあげる私をじっと見ていた。心の置き場に迷い、ただ黙っているしかなった。この時は憎たらしい気持ちが勝っていたけれど、もうこれ以上はやりたくなかった。

沈黙が流れ始めた。収束を迎える空気が漂うと、相手のダメージ具合を気まずそうに確認する目が互いにあった。自分のアザや相手のアザ、言い知れぬ罪悪感と悔しさと様々な思いが込み上げ再び大粒の涙が落ち、ワンワン泣きながら彼にアザを見せた。

「アザができた…」

彼は私のアザをチラッと見て無言でスッと立ち上がり、冷凍庫から保冷剤を持ってきてくれた。

「これで冷やしなさい」

この後のこともあまりよく覚えていない。記憶にあることは、次に会った時にはすっかり仲良くなっていたことと、この取っ組み合いが最初で最後だったということ。

彼の腕のアザが目に入った。掴み合った時の痕跡だろうか。そのことには触れようとも痛がる様子もなく、何も言ってこない彼。胸の内で『ごめんなさい…』とポツリ呟いた。

未熟さは時として可愛げがなくなってゆく。衝突のほとんどがそんな私の可愛くない幼さが原因だった。しかし、ぶつかっても彼への愛は一ミクロンも揺るがなかったのは、もう彼しかいないと思っていたから。

憎たらしいけれど愛おしい。きっと前世からの繋がりだろうと思うくらい、切っても切り離せない縁があると思えてならない。

いつか、彼に私の好きなところを聞いてみたことがあった。

「私のどこが好き?」

「切り替えの良いところかな」

「そう?」

「だって、喧嘩しても後がサッパリしているから。怒っている時は小憎らしくなるけど」

「ふーん」小さく苦笑いをし、嬉しいような恥ずかしいような、宙ぶらりんの気持ちだった。

確かなことは、私をきちんと見てくれていたことだった。今まで別れる話は本気でないことを分かっていながら何度かしたことはあった。けれどやっぱり出来なかった。彼のことが世界一、大好きだから。

今ではとても反省している。彼が逝ってしまった当初は、六年余り積み重ねた私の甘え過ぎによって逝かせてしまったと酷く自分を責めた。全ては私のせいだと。彼の顔を思い出す度に愛と感謝が絶えずに今もいる。ずっと私を支えてくれたこと、本当に有難う…今でも心の底から愛している。

～大江戸温泉～

彼はお風呂とサウナが大好きな人。私はそのことは充分に知っていたから、私の誕生日は彼と一緒に楽しめる日にしたいと思った。

「誕生日、もう直ぐだね。今年はどうする？」

「んー…」決めていたけれど小芝居をした。

「…大江戸温泉に行かない？」

「いいよ」

彼も嬉しそうだった。感情を顕にはしない彼だから、いつも雰囲気で察しがつき、私もそれには慣れていた。

大江戸温泉に決めたのは以前、二人で伊豆に行きたいねと言っていたことが頭にあり、近場で温泉気分が満喫できるところを考え、大江戸温泉にした。

早速、大江戸温泉を調べた。無料の送迎バスが走っているというので利用しない選択はないし、寧ろ有難いくらいだった。彼にも伝えると、相変わらずあっさりとした回答。細かく頷き「ミナミに任せるよ」の一言。

新宿を通るルートで午前の一番早い時間に乗ることにした。彼もそのことには納得の様子で、ホームページを何回も見ては想像し、行く日までも楽しんだ。タオルや浴衣は全て貸出になっているから特に準備することはなく、あとは心の準備だけだった。

当日、二人で朝のラッシュに交じって新宿駅へ向かった。新宿駅はサラリーマンや学生達、キャリーバックを引きバスターミナルに急ぐ人達などであふれ返っていた。人の行く手は四方八方で、彼の手を離したら人の渦に引き込まれそうで、いつも以上に彼の手を握り締めた。甲州街道を都庁方面に向かい、行き交う人々を掻き分け急いだ。

大通りを一つ外れ、高層ビルが立ち並ぶ場所に停留所が寂し気にポツンとあった。人も殆ど歩いていなかった。停留所にはまだ誰も居なかった。長蛇の列で乗り切れないだろうと心配していた気苦労に拍子抜けした。いくら平日のオフシーズンでも、もう少し賑わいが欲しくなる。

立って待つには長い時間だった。途中に珈琲ショップがあったのを思い出し、あそこだったら停留所が微かに見えると思い、取り敢えず行ってみることにした。

珈琲ショップへ入ると出社前のサラリーマンで埋め尽くされていた。新聞を何十にも折り重ね読む者や携帯から目を離さない者、ＰＣを打っている者、喫煙室に向かう者など、難しい顔をして過ごしている。どんよりとした空気が充満する中、これから温泉に浸かりに行く呑気な二人が何だか目立っていたようでもあった。

彼はホットのカフェラテ、私はホット珈琲で時間を潰した。私は停留所が気になり、見ては座り、また立っては座るという繰り返しで、余り気が休まらなかった。乗り遅れたら何時間ものロスになり計画が台無しになる。そんなことは勿論、ご免だから余念がない。

一方の彼は至ってのんびりとカフェラテを啜っていた。

そろそろ時間になって喫茶店を出た。空気がすこぶる美味しい。バス停には、ご夫婦らしきペア一組だけが並んでいた。その後ろに並ぶと互いに軽く笑顔で挨拶をして暫しバスを待った。

バスは予定時刻通りにやってきた。〝大江戸温泉〟の文字は遠くから一目瞭然で、目立つバスだった。

バスに乗り込み、彼は窓側に座ると少年のように目を丸くさせ、ずっと外を眺めていた。時折、街の様子に「へぇ～」と声を上げたりして、そんな彼がとても可愛らしくて、見ていて私も嬉しくなった。大江戸温泉で良かった。

下町時代の私のマンションに初めて電車で行った時のことを思い出した。あの時も今も彼の目は変わっていない。

結局、新宿からは私達を含め二組だけで、その後も乗ってくる人はいなく、到着まで広いバスには四人の乗客だった。

この日の大江戸温泉はまばらだった。浴衣に着替えると最初に目にするのは土産物屋。先に進むと中心に櫓があって、櫓を放射線状に食事処が広がっていた。隣接には大広間と広場のテーブル席があった。お風呂は櫓を横目に入口がある。アカスリやマッサージといったサービスも充実していて、丸一日いても飽きない場所。やっぱり朝一のバスで正解。

先ずは二人で大浴場を目指した。乳白色のお風呂や炭酸風呂、ジャグジーとお湯は様々で、サウナも常設され、奥には露天風呂があった。

「じゃあ、一時間後くらいにここで」私が言うと、彼は頷きながら体は既にお風呂に向かっていった。

「少し遅れてもいいからね」と続けて彼の背中に向かって言うと、一瞬こっちを見てから手を振ってさっさと行ってしまった。

広いお風呂にポツンと一人、贅沢な気分だった。ほぼ貸し切り状態。手足をグンと伸ばしたり、泳いだりして寛いだ。自由と解放感が最高だった。

顎すれすれまで湯に浸かっていると、目の前の男性側の壁を見て彼のことが気になった。彼の背中、目、腕、手、肌の色や艶やかさが流れるように私の脳裏に映し出された。今頃、何をしているのだろうと、勝手に想像が巡ってクスっとなる。

露天風呂に入ると遠くに飛行機の音が聞こえ、ぼんやりした。空を見上げると雲の動きや草木の揺れる音に神経が注がれ目を瞑った。次第に思考が閉じてゆき、少し居眠りをした。すると風が私の頭を小突き、我に返る。

半渇きの髪を躍らせ約束の場所に行くと、彼の姿がまだなかった。長風呂は女性の得意分野かと思っていたら、彼と私の場合は逆。

暫くして肩にタオルを下げ、体中に湯気を揺らつかせて彼がやってきた。

「ふぅー良い湯だった。そっちはどうだった？」

「こっちも、気持ち良かった」

二人でお風呂の話をしながら食事処へ向かい、ビールで一休憩した。大広間で二人、うつ伏せになって座卓の下から顔を見合わせた。彼の眼がこっちへおいでと言っているみたいで、起き上がって彼の隣にぴったりとへばりつき、安住の地だった。少しの間、大広間で二人してそのままでいた。

お風呂はその後も再び入り、お風呂三昧。私の誕生日で来たけれど、最初から彼の為に来たようなもの。彼の喜ぶ顔が見られただけで幸せになる。それが私の誕生日プレゼント。

帰りの時間になる頃、最後に二階のリラックスルームで休むことにした。

テレビ付きのリクライニングがずらっと並んでいた。お風呂よりもこっちの方の人口密度が高く、意外だった。ヘッドホンでテレビを楽しんだり居眠りをしたりと、其々が思い思いに休息を取っていた。彼と私は一つのリクライニングチェアに二人で寝転んだ。彼の方へ身を寄せると私の肩に腕を回してきた。私もそれに従うように密着させ、目を瞑った。そのまま二人、体を寄せ合い幸せだった。彼の左胸から鼓動が聞こえてきた。

『トクットクッて聞こえる』顔をスクッと上げて甘えるような顔で彼を見ると、彼は口許をほんの少し緩ませ、何も言わず数回小さく頷いた。それに安心してまた目を瞑って少し眠りについた。

彼の胸の中でこの世が終わってもいいと思った。どんなに恐ろしいことでも愛する人に包まれていれば何も怖くない。

リラックスルームの窓から日の光が差し込み眩しさに目覚める。彼の息遣いと肌の温もりが目覚めても続く、何とも麗しい時だった。

そんな甘美な時間を心に仕舞い込み、半身を起こした。

「そろそろ準備しようか」彼が言う。

「うん、そうだね。帰りのバス、遅れちゃうし」

支度を整え更衣室を出ると、私を呼ぶ声がした。

「ミナミ、こっち」

いつも聞いている声なのに、今日は何だかもっと甘えたくなる気分だった。今でも彼の声は私の耳にずっと残っていて、あの笑顔と共に思い出されてしまう。

帰りのバスでは次の飲み屋のことを考え、二人でいつもの飲んべい横丁にあるお気に入りの店に行くことにした。

新宿に着いた。また彼の裏道作戦で引っ張られるがまま向かった。空はいつしかグレーとオレンジがまだら模様に染まり、喉も丁度、乾いてきた。

二人で今日の終わりを新宿のごちゃごちゃした街で締めくくった。

悔しくも、この半年後に彼は逝ってしまい、今思うと信じられないくらい元気だった姿に後ろから「ミナミ」って呼ぶ声が聞こえてきそう。

ここで思いっきり楽しんだことが幻のようで、人生の儚さを知った。パッと咲いて、あっという間に散ってゆく…。花にも劣らぬ彼の魅力は永遠に私の中で生き続ける。

〜江の島〜

ある時、彼が習っている社交ダンスの先生が占い師の仕事もしていると言うので行ってみることになった。

何故、急にそんなことを言い出すのかと思ったけれど、応援する気持ちで私に言ってきたのだろうと直ぐに察しが付いた。彼が占いをしたいと言うよりも、きっと私が興味を持ち、二人で出掛けられたらと考えたのかもしれない。

占いといったらいつかの苦い思い出がちらついたけれど、それはほんの一瞬のこと。あの時のことは懐かしい思い出となっていて、全くと言っていい程、心に突っかかりが無かった。

心にある痛い傷は、彼と過ごす充実の日々によってタイムカプセルを埋めるように時の経過と共に忘れていった。そして何かの拍子に思い出し、この日のように掘り起こされる。懐かしさが一時的に私の心をハイジャックした。人生とはそんなものかもしれない。

彼が差し出した先生の名刺には『鑑定士』とだけあって、特にジャンルは書かれていなかった。先生がそんなこともしていたなんて驚いたけれど、占いとダンスの畑違いにユニークさを感じ、彼の思惑通り興味を持った。

そもそも私はこういったギャップに興味を持つ癖がある。敢えて言えば、意外な一面には本質が隠されているような、そんな気がするからだ。

数日後、先生の占い所へ彼と足を運んだ。二人で占いだなんて若いカップルの初々しさを感じる。彼も私も好奇心旺盛なところは似ているし、フットワークも軽いから気兼ねなく楽しめる。

占いの場所は、お台場にある大きな商業施設の一角に佇んでいた。教えられたフロアに行くと、広場の壁伝いに数人、それらしき人達が横並びにパーテーションで区切られた机に座っているのが見えた。

「先生～」

思わず私は手を振って小走りで向かった。先生は私達が目に入ると笑顔で迎え入れ、少しの雑談をして占いが始まった。

内容は忘れてしまったけれど、良いことも悪いことも含めて先生の優しい言い回しが私の耳には心地よかったことは覚えている。彼は隣で微かに頷くくらいで、一言も口を挟まず隣で聞いていた。全てを知られても彼だったら何の抵抗もないから、却って居てくれた方が落ち着いた。

一通り占いが終わると先生は神社の話をしてきた。先生も毎年その神社に参拝していると言い、御祈祷のことなど色々と教えてくれた。

「もし興味があったら行ってみるといいわよ。…行くんだったら午前中のうちがいいわね」

品のある先生だから厭らしさがなく、彼も私もすっかり興味を持ってしまった。ということで、その神社へ二人で行ってみることになった。

彼の占いは、生年月日のこともあって聞いていない。私の占いが終わり、彼の番になると「あっちの売り場に行ってるね」と、ごく自然に言って、気を利かせて離れた。遠目から占いを聞いている彼の背中が小刻みに動いているのが分かる。終わって立ち上がる姿が目に入ると、何故かスキップをして向かった。

「どうだった？」

「健康に気を付けなさい、だって」と簡単に言って、私は笑顔で「ふーん」と言って、それ以上のことは聞かなかった。

先生に教えてもらった神社は海老名の方にあり、千年以上の歴史を有している社だった。県内では初詣客も多く訪れるようで、立派な御社殿と二柱の神を祀っている。

久々の遠出に折角だから参拝の後は江の島まで足を延ばす計画を立てた。神社も海も同じくらい楽しみで、占いから思わぬ展開に、来て良かったと改めて思った。

神社へ行く当日、まだ夏の暑さが残り蒸し暑い日だった。

この日の彼は白いパナマハットを被り素敵だった。待ち合わせ場所に立っている彼を遠目に笑みを浮かべてしまった。

彼の帽子コレクションは多彩で、いつもショーを観るみたいに楽しんでいた。私も触発され帽子をたまに被るようになり、帽子の面白さにはまった。好きな人の真似事はペアルックを着るカップルのように単なる仲良しサインだけではなく、一体感と独占欲が沸き立つのかもしれない。

新宿駅に着くと、彼が突然ロマンスカーで行こうと言い出してきた。嬉しくて、大きいバックは持っていないけれど一気に旅行気分になった。

チケットカウンターがどこにあるのか分からない私は、彼に任せてスムーズに乗車券を手にすることができた。どこへ行くにも場所や時間をいつも私任せにする彼が、こういう時には頼りになった。結局、私は世の中のことをあまり分かっていないのかもしれない。この時の彼はとても頼もしくて格好良く見えた。

乗車までの時間、ロマンスカー内での軽食を買い求めに二人であちこち回った。ホームの片隅にある喫茶店で彼は小さなパンを一つテイクアウトし、コンビニで飲み物と飴などの小さなものを買った。荷物は増やしたくないから最低限のものだけにする。

「ミナミはパン、いいの？」

「うん、朝は珈琲でいい」

ホームに戻るとロマンスカーがゆっくりと入ってきた。気持ちは小学生並みにウキウキした。

乗り込むと、窓は大きくて全体が明るく開放的な空間。座席はゆったりとして心地は在来線の比ではない。彼の粋な計らいはいつもダンディだった。

彼の紳士振りは度々感じていた。何回か花束を貰ったことがあって、自宅に帰ってくる度に花瓶に生けられた花束に目が綻んだ。花束をチョイスするなんてロマンチストそのもの。彼の行動にはいつもシルクのような品と優しさがあった。

ある時、喧嘩をして、たった一度だけ彼の胸に花束を投げつけたことがあった。彼は少し寂し気な顔をして私に何も言ってこなかった。その時の私は苛立ちを抑えることが出来ず、全てを花と一緒に彼の胸にぶつけてしまったのだ。後で一人、落ちた花びらを拾い上げながら、何て酷いことをしたのだろうと自分が嫌になった。今でもよく覚えているくらい心底、悔いている。その時に戻れるなら、自分で自分をグーパンチで殴ってやりたい。そして額を床に付けて彼に謝りたい。何て愚かな私だろう…この世からそんな自分を消し去りたくなる。

発車すると窓に顔を近付け車窓からの景色を楽しんだ。彼はパンをかじりながら窓を眺め、時折、顔を合わせ口許が緩んだ。流れる景色と電車の揺れが眠りを誘い、次第に瞼が重くなり視界から景色が消えていった。

下車付近で目が覚めると、のんびりした風景にすっかりと変わっていた。背もたれに預けていた背中を起こすと、新宿からの変容は人通りの少なさと奥に見える山にあった。

駅前には高層マンションがあって一見、栄えているように思えるけれど、周辺の商業ビルには慌ただしさがなかった。都会を見過ぎているのか、人の気配が少ないと気楽さがある。

こことは真逆の新宿駅は、七時台から既に人は多く混雑を迎える。人の多さと歩く速さといったら何かに追われているみたいで、行き交う人が忘我の境地を彷徨っているように見える。無感情で愛をどこかに置き忘れた者たちが殺伐とした空気を放ち、魑魅魍魎が跋扈する都会を作り上げる。自分もその一員になってはいないかと時折、思う節がある。人が多い分、良くも悪くも色々なストーリーがあって人間のあらゆるものが見えてくるのが都会の面白いところかもしれない。

海老名から乗り継いで、漸く目的地の最寄り駅に着いた。そこは小さな木造駅舎で静かなところだった。完全に田舎に来た気分。たまの遠出には来た甲斐があるもので、見渡す限り緑とまばらに存在する民家に和んだ。途中には川が流れ、長閑なところで神社を前に早くも心は弾んでいた。

12～13分ほど歩くと大きな鳥居が見えてきた。神聖な風が吹き付け、自然と背筋が伸びる。既に邪心が見抜かれている気になり、疚しさが過るのは不思議。日々の小さな心の引っ掛かりに何だが無性に反省の心が改まる。『きっと神様は全てお見通しだな…』

彼は慣れている様子で一礼をし、私も次いで一礼をした。悠久の時を経た重みと清らかな空気に包まれ、今日のメインである御祈祷を受けに向う。

受付を済ませると、番号札を渡され一旦、大広間で順番がくるのを待った。その間、私はあちこちを物色し、彼は落ち着いた表情で座っていた。そんな私に優しく彼は言ってきた。

「ミナミ、こっちに座ってなさい」

素直に彼の隣に座り、「まだかね」と内緒話のように彼の耳元でささやいた。

漸く順番が回ってきた。御社殿の厳粛な雰囲気が漂う中、神職が登場し、鈴を鳴らし祝詞を読み始めた。祝詞の最中、彼の方をチラッと見ると少し頭を屈めて目を瞑っていた。私もそれに見習い目を瞑る。

祝詞が終了すると玉串をお供えし、二礼二拍手一礼の作法で拝礼し御社殿を後にした。

最後に授与品として板剣神札や八方札、御守、御神酒などを受け取り全てが終わった。

するとと彼が突然、服装のことで不満を言ってきた。

「何だか俺だけ赤で、もっと落ち着いた色が良かったな…。俺だけ派手でちょっと恥ずかしかったよ」

私は自信を持って即、答えた。

「そんなことないよ、その方が全然、格好良いよ」実際、本当にそう思った。

彼がそう私に言ってくるのも、この日のコーディネートは私がしたのだった。

前日に服装のことを話し、この間買った赤の花柄のシャツと、それに合わせて一緒に買った可愛いワッペンがデザインされたデニムを着て来てほしくて伝えたのだ。海にも行くからリゾート感ある、一見するとアロハシャツにも見えるシャツがいいなと思った。彼も納得するようにすんなりと頷き、私は彼のイケてる姿を見るのが楽しみだった。

神社仏閣には落ち着いた色がいいという妙な固定観念が更々頭になく、お出掛け気分にチョイスしたままでだった。その割に自分の服は白地に紺のドットで下は紺の細かいプリーツが入ったワンピース。これはまぎれもない無意識だった。兎に角、彼にはいつもお洒落でいてほしかった、ただそれだけだった。赤シャツに白のパナマハットはよく映え、本当に素敵だった。

本殿の奥に杜が神苑として開苑されていて、御祈祷者のみが入れる神聖な場所に有難く足を運んだ。更に静寂な空間が広がり、小池を眺めていると暑さも少しは凌げた。

何かが拭われたような清々しい気持ちで鳥居を出ると雲行きが怪しくなり始め、歩きを速めた。するとポツポツと雨が降り出したと思ったら急にシャワーのように降ってきた。彼は準備が良く、持ってきた折り畳み傘を広げ、相合傘になって先を急いだ。広げた時点でサイズが合っていないのを感じたけれど、彼の好意を無駄にはしたくなった。だが、ふと彼の方を見ると肩が傘からはみ出し、シャツが濡れているのが見え、慌てて彼の方へ傘を寄せた。

「純さん、肩が濡れちゃうからもっとそっちに傘を持っていっていいから」

彼は薄っすら返事をしたのか、そのことには何も答えず、それでも自分の方には傘を寄せようとはしなかった。雨と彼の優し過ぎる気遣いに私は少し苛立ち、素っ気ない態度で傘から出た。

雨脚が強くなり、雨宿りをしようとコンビニへ急いだ。

「純さん、あそこのコンビニに一旦、入ろ」

駆け足で行くと、後ろの足音が遠くなる感じがして彼が気になった。後ろを振り向くと離れた彼に手を振って急がせた。

「純さん、大丈夫。…早く」

　彼は傘を片手に走ってきた。

　あの時を思い出すと、彼からの優しさをそのまま受け取り続けなかった後悔が今も胸に重く伸し掛かり悔やまれる。けれど、あのままだったら彼も濡れていた。自分を犠牲にする優しさが私には耐えられなくて出るしかなかった。傘から出るにしても、もっと思いやりのある行動が出来たはずだと自分の心の小ささに腹立たしくなる。

　それにしても彼はどうしてそんなに私の方に傘を寄せるのか、未だにその優しさが憎らしくて不思議でたまらない。気付かれないよう自分の方に寄せることも出来たはずなのに、それをしなかった彼。自分の方に寄せてくれた方がまだ楽になれた。この時だけでなく、彼はいつもそんな風だった。

　世の中、身の保身ばかり考える人が多い中、ナイチンゲールやマザー・テレサのように身を削ってでも他者を救う行為に感銘を受けた人は少なくはないと思う。身近にどれだけの人が慈愛ある行為を行っているか。真実の愛を持っている人は何もかもが強い。隣にこんなピュアな心の持ち主がいたなんて有難過ぎた。

　コンビニに入ると、ドリンクを買いレジ奥の座席で雨の具合を観察した。硝子に打ち付けられる雨に文句も言えず、暫く待った。

　十五分くらいだろうか、雨が弱まってきた。

「純さん、今のうちに行こうか」

私が言うと、彼はうんと頷いた。

「よしっ、行くよ」

私の掛け声で急いで駅に向かった。周りの景色が草原を駆け抜けてゆくみたいで、草木の匂いを鼻の奥で感じた。

駅に着くと雨を逃れた安堵は束の間に、傘からの不協和音が再び湧き上がってきた。私は心の収まりが付かず、焦燥感を抱いた。きっと彼に私のむしゃくしゃは通じていただろうけれど、彼は相変わらずだった。

ハンドタオルで濡れた体を拭きながら江の島のことを考え、不満げに彼に聞いた。

「どうする?」

「どっちでもいいよ」至っていつもと変わらない口調で彼は言う。

私は少しムッとした。あんなに二人で楽しみにしていたのだから「行こうよ」と言って欲しかった。これも私の意見を大切にしてくれる彼の優しさだと思うようにした。けれど私はその反応に呆れた。

どっちでもいいと言われ、不快になった私はこの間を埋めるべく「行ってみる?」と曖昧に言った。彼は「うん、いいよ」と、何とも釈然としない返答。逆に「止めようか」と言ったら彼は黙って頷き、江の島へは行かなかったと思う。どこまで彼は優しいのか。これを優しさと捉えるのは、ずっと一緒にいる私にしか分からないこと。

足止めに多少の時間は取られたけれど、雨は止みそうな気配もあって、そのまま江の島を目指すことになった。

まばらな時刻表を見ると次の電車まで数十分待つことになった。のんびりした流れに仕方なく乗るしかない。呑気な彼は「あぁそう」と私とは真逆。不協和音が残る空気をそのままにホームで暇つぶしに変わらない風景を眺めたりした。

すると次第に雨が止み、江の島への道が明るくなってきた。心中、嬉しくなってきた。喧嘩をしてでも江の島に行きたいのは、途中で仲直りが出来る自信があったから。

電車がのんびりとやってきた。その電車に十分ほど揺られてから乗り換えの駅で路線場所に迷い、傘から続く居心地の悪さがここにきて小さな衝突を招いた。私だけが探しているみたいで、彼のお気楽さに怒りの糸が切れたのだ。

「一緒に探してくれてもいいじゃん」

「そんなの、分かる人がやればいいじゃないか」

確かに私の方が早く探せた。でも問題はそんなことではなく、険悪な空気を消す努力が欲しかった。柔らかな口調がこの時ばかりは、勝手な事を言ってと腹が立った。私は不満の表情に無言で探した。只、どんなに揉め事があっても、やっぱり彼が隣にいると落ち着く。何だかヘンテコだ。

江の島に着くと、潮の香りと真っ青な空に心のくすぶりは消えていった。

観光名所だけあってシーズンオフでも、まぁまぁの人がいた。いつ振りだろうか、誰と来たのかも忘れたけれど、訪れた記憶は薄っすらとある。日差しが眩しく手をかざして潮の香りを一気に吸い込んだ。気持ちがいい。海風でさっきまでの乱れていた気持ちが浄化されてゆくようだ。湿っぽかった髪や服もいつの間にか乾いていた。

一先ず、駅のコインロッカーに荷物を置き、身軽になった。私は足の痛みが気になり、この日のウェッジサンダルに失敗したと思った。

「純さん、足が痛いからビーチサンダルに履き替えたいんだけど」

「そっか」

彼は私の足元を見た。

「あそこにあるから、行ってみよう」

私の手を引いてビーチサンダルが束で吊り下がっている店へ入った。暇そうなお爺さんがのそっと奥から出てきた。

「外のビーチサンダルいいですか」

彼が言った。

不愛想なお爺さんは「いいよ」と言って、そこから適当に選んだ。

「これでいい」

「サイズ、大丈夫？　…痛くないの」

「うん、大丈夫」

「じゃあ、それにしなさい」

再び手を繋いでブラブラさせながら江の島へ向かった。

「どう？」

「うん、楽になった」

程よい風が産毛をくすぐり、法悦に満たされてゆく。江の島の選択はやっぱり正解。純さん、有難う…。心で呟いた。

江の島大橋から展望台が見えた。彼は海が好きな人で、目が故郷の海を見るようだった。

江の島に入る前に今日、初の食事を取ることにした。鳥居の手前にある、新鮮な海産物が豊富に取り揃えている食事処に入った。

観光客慣れした店員が失礼のない程度で二階へ案内する。そこは全て座敷になっていた。タイミングよく窓側の座席が空いていた。

先ずビールで乾杯をした。やっと落ち着ける場に、ここまでの道のりを振り返りながら二人で海と江の島の賑わいを眺めた。穏やかな海が優しく目に移る。彼の方に目を向けると彼もじっと海を見ていた。

ぼんやりとしていたら店員がその空気を断ち切るようにメニューを持ってきた。写真を見ると、どれも盛りがいい。

「定食、半分ずつがいいな」

「うん、いいよ」

食べ切れない私を知っている彼はいつも合わせてくれていた。半分ずつをお願いしても嫌がらない彼。愛の深まりはこんなことにもあったと時を経て気付く。

ビールを飲みながら料理を待っていると、刺身の盛り合わせと定食が運ばれ、分厚い切り身に食欲がそそられた。

一つの定食を二人で突き合い、彼の好みのものがあると「これ、純さんが食べて」と彼に勧めた。彼の喜びが私の喜びだから。

食事処を出ると、鳥居周辺は湧き水のようにどんどん人が沸いていた。帰る人とこれから向かう人、横の食事処へ行く人で人の渦が出来上がっていた。はぐれないよう彼の手をしっかり握り、渦を上手く切り抜ける。

仲見世通りは両脇に隙間なく土産屋が立ち並び、観光客は引き寄せられるようにあちこちで足を止めている。途中、薄いパリパリのお煎餅を手にしている人を何人か見掛け食べたくなり、彼におねだりした。

「ねぇ、あのお煎餅が食べたい」

「買ってきなさい」彼はポツリと言ってお金を渡してくれた。

その場で魚介をプレスして焼き上げてくれる。プレスされるとキューと鳴って潰され、数分後には顔の倍以上あるお煎餅を渡され笑ってしまった。そのまま彼の口へ差し出したけれど彼は顔を横に振って「食べなさい」と私に戻した。

それから通りを散策して二人で遅い夏の思い出をここでたくさん作った。通りをジグザクに歩き、目に付いたものがあれば彼の手を引いて、離すこと無く常に彼が傍にいた。

夕方になり、帰ろうかということになり、名残惜しい江の島を背に駅へ向かった。帰りもロマンスカーに乗った。私は疲れ切って顔を窓に向けたまま寝てしまった。彼はずっと起きていたのか、新宿に着いた時、目を開けると彼がずっと見ていたように感じた。

「もう着いたの？」

「うん、行こうか」

ロマンスカーは思い出を胸に詰め込んだ乗客を降ろし、ホームを後にした。

彼のことはいつも脳裏を巡っている。こうしている今でも思い出や仕草が鮮明に浮かび、涙が落ちることは何度も。同時に自分が憎らしくなることもある。罪の意識と後悔が数年経っても胸を締め付ける。

彼が逝ってしまった当初は一生分の悲しみが天から容赦なく落ちてきて、闇の世界で十字架を担ぎ彷徨い続けた。そして神に懇願し、背中を震わせ、昼も夜も関係なく泣き続けた。「どうしてこんなことをするの…彼だけは連れて行かないでよ…」

深い愛ゆえに悲しみは計り知れないほど胸を突き破った。もう二度と彼に触れることが出来なくなってしまった…あんなに引っ付き虫のように彼に触れ、いつもそれが当たり前だった。

人は何故、涙を流すのか…。随分昔に考えていたことが今ふと蘇ってきた。その頃は身近に死なんて感じていなかったけれど、取りつかれたように真剣に考えたのを覚えている。思いを巡らせた末に導き出した答えは、抑えきれない感情の高ぶりが溢れ出る、それが涙となって流れ出てくる。今となっては皮肉にも頷ける。

そんな昔のことに耽っていると、不思議と無意識にふんわりとまた記憶が降りてきた。

初めて洋画を観たのは中1の時で『スタンド・バイ・ミー』だった。それから洋画にのめり込み、その後に観た『ゴースト／ニューヨークの幻』に甚く感動し、暫く釘付けになった。ろくろを回す手を絡め合い、何とも甘美でひときわ輝く場面だった。アンチェインド・メロディを何回も聞き、部屋に貼ったポスターを眺めながら世界観が広がった中学時代だった。

　ストーリーは突如、暴漢に襲われ命を落とした恋人・サムがゴーストとなって彼女（モリー）の前に現れる。勿論、彼女には見えていないが、ラストシーンで光と共に彼の姿がモリーの目に映る。切なくも、こんな恋に憧れを抱いた。時代性を問わない愛の普遍性を感じる。

　これらの古い追憶は、深海に潜む生物が目を覚ますようにゆっくりと重なっていった。

　奇しくも、十代の少女を夢中にさせた映画は時を経てリアルな人生となり、正夢の如く奇妙だと思った。

　もしかしたら、きっと、その頃から自分の潜在意識の中に潜んでいたのかもしれない。やっぱり私には必要だったのだろう。そう考えると、悔しいけれど胸がスッとする。

　まだ書ききれないほど可笑しくて、美しい思い出は溢れている。これまで書き記したように彼は少年っぽさを残し、不思議な魅力と本当の愛をたくさん持っている人だった。彼独特の思考に驚くことも多く、こんなこともあった。

　ある時、彼に好きな食べ物を聞くと、少し困ったように考えながらこう答えた。

「お腹が空いた時に食べるものは何でも美味しいよ」

てっきりハンバーグやお寿司、ステーキの類、若しくは、おにぎりと答えるかと思っていたら全く想像もしない答えが返ってきた。それを聞いた時、二秒くらい止まってしまった。「…ふーん」それでは納得しない私は食らい付くように言った。「でも何かあるでしょ」また彼は考えこう言う。「んー…何だろう…。やっぱりお腹が空いている時に食べるものが一番だな」彼はやっぱり私に何かを教えに神様から届けられたのではないかと思った。そんな彼を愛する自分が誇らしくも、若輩者でいかに自分が小さき者であるかを強く感じた。

そんな彼が今でも鮮やかに私の中にいる。沢山の経験は、まるでワインを熟成させるようにゆっくりと時間を掛け豊かなものへと変化し、じんわりと体中に広がっている。

あの頃は本当に素敵な日々だった。まだ長く続くものだと信じていたのに、運命が急に暗闇の世界に舵を切った。そして彼との最後の日が刻々と近付くのだった。江の島から約三ヶ月後、遂に彼の旅立ちがやってくる。

◇終幕◇

　この年もクリスマスは一緒に過ごし、年始の話になった。

「元旦はうちに泊まるでしょ」年に一度くらいは彼を丸一日独占したい。そんな気持ちがここ数年続いていて、今年も新年は彼の隣で朝を迎えたかった。私は願う気持ちで甘えて言うと、彼は少し間を空けて答えた。

「…息子もいるからなぁ…。まだ分からないな」

　去年と同じ答え。

「なんでよ」

　私は納得しない口調で言った。

　毎年、息子さんと彼の取り合いみたいになっている。分かっていても年に一度、たった一日くらいはお借りしたかった。ただ、決めるのは彼自身。

「だって、しょうがないでしょ。息子もいるんだから」

　即答出来ないことは承知済だけれど、一度くらいはスムーズに「分かった、いいよ」と言って欲しい。こんなやり取りが年末の恒例行事になっていた。

息子さんは既に独立していて、会社を経営している。外国生活が長かったせいか、日本へ戻って来てからは埋め合わせるように彼と外食や買い物をしたりして、私が焼きもちを妬くくらい本当に仲の良い親子だった。傍から見ると、友達同士みたいに恰好よく見えていた。

「息子と私、どっちが大事なの？」

こんな可愛くない質問はしたくなったけれど、あまりにも息子息子って言うものだから、つい勢いで言ってしまった。

「どっちも」

彼は私の顔に近付けて言ってきた。そのまま私も顔を近付けて口づけをしてしまおうかと思った。そうすれば「分かった」と言ってくれるかもしれない。だけれど彼の気持ちも分かるから、色目を使って強引にものにすることは出来なかった。それに、何だか嫌な人間になってしまいそうで自分自身も気が引けた。いざという時はその技を使おうと頭を掠めたけれど、結局、私は下手くそなのだ。せいぜい、子供みたいに甘える程度が精一杯なのかもしれない。

でもやっぱり諦め切れない。お正月という世の中全体が休息モードで仕事からもすっかり離れる時には二人でゆっくりと朝を迎えたい。だから少し駄々を捏ねた。

「ねぇ、いいでしょ」不貞腐れた顔をして言った。

「…息子にも聞いてみるから」

「一日くらい、いいじゃない」私は独り言のように言うと、彼はやれやれという感じだった。

十二月三十日。年越し蕎麦を食べに夕方から浅草へ出掛けた。浅草は幾度か二人で足を運び、浅草のカーニバルや浅草寺、ロック座周辺の飲み屋街に行ったりしていた。いつ行っても人が多く、人を避けるだけで一苦労する。そんな場所でも彼と一緒であれば楽しく人混みを渡れ、手を離さないでいた。彼が隣にいれば地の果てだって何処へだって行ける。たとえ口喧嘩をしても離れられない、離れたくない。可笑しなことだけれど、本当のこと。

着いて早々、二人で蕎麦屋を探したが時季的にどこも混んでいた。段々探すのが億劫になり、ガラス戸を覗き込んで空席がある店に入った。

暖簾をくぐると、ドアの引く音に合わせて忙しそうな店員達がこっちを一瞥してきた。

「いらっしゃい」

感情薄い掛け声が届いてきた。女性店員はテーブルを拭きながら少し疲れ顔で席を案内する。

「そこの空いている席、どうぞ」

冷たい風に当たり続けていた体をやっと落ち着けることが出来た。テーブル席にあるメニューを見ていると、冷淡な感じの女性店員がお茶とお絞りを持ってきた。

「お決まりですか?」

グズグズしていると嫌な顔をされそうで、取り敢えずビールを先に頼んだ。

テレビの音や客同士の話し声がする中、妙に蕎麦を勢いよく啜る音が耳に付く。

ビールが運ばれてきた。寒風にさらされた体に冷たい瓶ビールで先ず乾杯した。

メニューをペラペラめくっていると、テーブルに出し巻き卵のメニュー立てが目に入った。『お時間少しかかります』の文字にそそられ、数品のつまみと一緒に頼み、お蕎麦は最後の締めにした。

店を出ると冷たい風が頬に吹き付けてくる。お蕎麦で温まった体が再び寒さで震え出す。冷え込みは一段と増し、寒がりの私は彼の体温で身を温めるようにぴったりくっついた。

途中に神谷バーを覗くと、あまり混んではいなかった。流石に今時季は蕎麦屋の盛況振りには勝てないのだろう。

「空いてるね」

彼の頬に近付けて言う。彼は簡単に頷くと歩き始め、神谷バーの思い出話をしてきた。

彼の口から古い思い出が語られる時は、何年経っても嬉しいことだった。それだけ私に信頼と安らぎがあるのだと聞く度に嬉しくなっていた。

二日後には新年を迎えるという気が持てなく、まだ遠いように思えた。きっと当日の元旦の静けさから感じるかもしれない。

彼の腕を再びギュッと掴み、擦り込むように顔を寄せた。このまま存分に彼の香りと共に幸せを感じていたい。目を瞑ってそんな気分だった。このまま寒空の下、ずっと歩き続けてもいいから疲れない足と寒さを感じない体が欲しい…。

浅草の翌日、大晦日。この日も彼にモーニングコールをした。今日は私の実家の手料理を彼に届ける約束をしていたから、その話でもちきりだった。ただ気になったことは、彼が少し咳き込んでいたこと。何となくいつもと違う感じがしたのは、今思えば、それが地獄の入り口だった。

その後も何度か彼に電話を掛け、いつものようにくだらない話や今日、渡すことの確認をした。電話を切る最後に容態のことを聞くと、彼の大丈夫という言葉に疑うことなく素直に受け取り、一時的なものだろうと切り替えた。それよりも彼にたくさんの料理を持って行くことで頭が一杯だった。

実家に着くと二時間ほど過ごし、料理を詰め実家を出た。兎に角、彼のところへ早く行きたかった。

途中、車中から彼にラインをした。

『十九時半に着くかもよ』

『オケイ』読みながらクスっとした。

小さなお重に詰められたおせち料理と煮物、我が家お手製絶品チャーハン、蕎麦屋で買ったエビの天ぷら、途中パン屋に目が入り適当にパンを幾つか買って、大きな紙袋一杯だった。年末年始は特に何もしなくてもこれで過ごせるだろうと、男所帯の彼を気遣った。彼のためになることが嬉しくて、渡すのが楽しみで仕方がなかった。

最寄り駅が近くなり、また彼に車中からラインをした。

『駅に着いたら電話するから、それまで家で待ってて。風邪、こじらすと大変だから』

（数分後）

『あと十五分後くらい。まだ外に出てこなくていいよ。電話するから。風邪は大丈夫？』

彼のことだから駅まで来てしまうことが心配になり、来なくていいことを先に伝えた。

駅に着き直ぐ電話をした。相変わらず柔らかい声で「分かった、気を付けて来なさいよ」と言って切れた。時間は八時近くになっていた。中の料理に気を配りつつ、大きな袋を揺らさずにして急いで向かった。

　インターホンを鳴らすと、彼がスウェット姿で現れてきた。何か様子が変だった。若干、咳が酷くなっているみたいで、容態も悪そうだった。昨日の今日でこんなに急変するのかと動揺し、急いで紙袋を机に置いた。

「どうしたの？　大丈夫…？」

「大丈夫、大丈夫…」

　彼は咳を腕で抑え、頷きながら言った。少し嫌な感じがしたけれど、私と出会ってから大病や倒れ込むほどの病気をしたことが無いくらい元気な彼だから、この時は軽く捉えた。けれど咳を聞く度、異様に耳をつんざき、妙な勘も働いていた。

　心配する傍ら、彼のことだからきっと明日には回復するだろうと信じていた。何せ元気な人だったたから。

「今日は駅まで送れないけど、大丈夫？」

「大丈夫、大丈夫。そんなの平気だから」

　私は慌てて彼に言った。

「明日、大丈夫…？」

　気弱に私は言った。咳き込む彼は、また腕で抑えながら頷いた。

「うん。じゃ、明日待ってるね」

「料理、有難う」

笑顔になり切れないまま私は頷いた。手を振って彼の家を出てから、得体の知れない不安が再び覆いかぶさってきた。

家路に向かいながら、いつもと何かが違うことに薄っすら引っ掛かりを感じていたことは隠しきれなかった。けれど明日には会えることで妙な勘は歩調と共に和らいでゆき、回復を勝手に決めつけたのだった。

元旦の午前。まだかと彼が来るのが待ち遠しかった。カチャとドアが開く音がした。急いで玄関に行くと彼が黒のフェルトハットと黒いコートに鞄を下げてやってきた。浮かない表情が私の心の中を複雑にさせた。すごく嬉しい反面、昨日からのことが思い出され、心からはしゃげなかった。時折、「コン、コン」と軽い咳が嫌な音だった。数日前にはお蕎麦を一緒に食べ、元気で食欲もあった。たった数日前のことなのに…。隣に彼が居ながらも気鬱と幸せが行ったり来たり。

二人で暫くソファに横になってから、二時間ほど外出した。愚かなことだった…。彼は無理をして私の我儘に付き合ってくれたのだった。何て最低で最悪な人間なんだ、私は…。

未だにこの時の情景が浮かぶと辛く、罪の意識に苛まれる。悔やんでも悔やみきれない。

元を辿れば本当に愛していれば、私のマンションに来ることは中止にして自宅で安静にさせるべきだった。それなのに私は手を伸ばせば彼の温もりが感じられる身勝手な幸せを実行させたのだ。そんなのは本当の愛ではない。彼を本当に愛していたのか…。心の底から愛していたなら何故…。思い出す度、あの時の自分が本当に憎くてたまらなく、胸をかきむしりたいほど悔しい。

具合が悪い彼を目の前に確証もないことを思い込み、願いばかりが先行して馬鹿なことだった。

お正月でクリニックはどこも開いていないのだから躊躇わず救急車を呼べばよかった。そうすれば彼を救えていたかもしれない。信頼と愛の元に六年あまり一緒に居た日々が泡のように消えてゆく。

出会った頃のことが走馬灯のように駆け巡り、幸せだった時が私の胸を余計に突き刺してくる。私って何？　彼の何だったの？　何してんの？　頭が混乱しそうになる。

純さん、ごめんね…本当にごめんなさい。許して…。

家に戻ってから彼はベッドに横になった。私は隣に座り、一向に改善が見られない様子に悲しくなってきた。今も自分が憎くて仕方がない。

「純さん、大丈夫…？」

彼は優しい目で私をチラッと見ると無言で頷いた。彼の隣で私も横になり、ずっと離れずにいた。

いつも二人でふざけ合っていたソファが黒い影に覆われて見えた。

突然、彼が私に喋ってきた。

「ミナミ、可哀想…」

彼は横になったまま隣にいる私を見て、小さな声でポツリと言った。

「えっ…」

「だって俺がこんなだから…」

私は一気に切なくなり顔が歪んだ。どうしてこんな時まで私の心配をするのかと、その優しさに胸が痛くなった。すると彼は私の方へ寝返りを打ち、顔を寄せてきた。彼からそんな風に甘えてくるようなことは今までなかったから、とても愛おしかった。思えば、この先のことを予知していたのかもしれない。彼自身、自分の異変に気が付いていたのではないかと。

私は近くのコンビニに行って栄養ドリンクを買ってきた。

「純さん、栄養ドリンク買ってきたよ」

彼の頭を抱えて飲ませた。

「大丈夫…?」

私が言うと、彼は弱々しく頷いた。こんな彼を見たのは初めてだから、益々心配でならなく、怖かった。

全てが遅過ぎたことに私の中で罪悪感が膨らみ、緊張が走った。嫌なことは考えたくなかったし、それでも彼は絶対に元気になると信じた。

容体がよくならないので、彼は早めに帰ることになった。支度を終え、玄関まで見送る。

「じゃあね」彼が言う。

「うん。また電話するね」

彼は何も言わず頷き、私のマンションを後にした。聞き慣れているドアの閉まる音が、この日は虚しく響いた。そして、彼がこのドアを再び開けることはなかった。

彼が帰った後、着く頃を見計らい電話をした。擦れ違いの末、やっと繋がった。ビデオ電話にして彼の顔を見た瞬間、ホッとした。安心は拭えないまま、その夜はお休みの電話を我慢した。

翌日。朝からずっと落ち着かない。電話をしたかったけれど、夜まで我慢した。繋がらないだろうと思っていたし、きっと息子さんが介抱しているから、今は託して信じるしかなかった。

夜になりラインをした。

『純一～大丈夫？』

読んでくれるか心配だったけれど、幸いに既読になった。急いでビデオ電話にすると、表情も声も少し元気な様子だった。その夜はほんの少しだけ安心して眠れた。この時はまだ、彼は必ず元気になると信じていた。

一月三日。この日の朝も憂鬱だった。起きると彼のことばかり考えてしまい、色々なことが頭の中を巡った。

朝、電話が繋がり、その後ラインを一本流した。

『純さん大好き。どんなことがあっても私は純さんの傍にいるからね』いつもより絵文字を多く盛り込み、ハートマークもたくさん付けた。

夕方、彼からラインが届いた。

『後で電話します。ミナミ、だいぶよくなりました。あとで』

涙が止まらなかった。安心ではなかったけれど、ほんの少しだけ希望が見えた気がした。

その後、彼からの電話は無く、何回も掛けたけれど繋がらなかった。朝夕と最低でも二回は電話をし合う間柄ゆえに、半日でも繋がらないと落ち着かなかった。一時間がとても長く感じ、体中ずっと力が入っている状態だった。声だけでも早く聞きたい…。

翌日の明け方、携帯が鳴り飛び起きた。彼からの電話だと直感した。画面を見ると、やっぱり彼からだった。ビデオ電話に映る彼を見た瞬間、一気に大粒の涙が溢れてきた。ほんの少しだけ良くなっているように見え、会いたくてたまらなくなった。目の前にいたら抱きついてもう離さない。止まらない涙を手で拭いながら「純さん、大丈夫？」と言うと、パジャマ姿の彼はカーテンを開け、窓から外を見ていた。外を見回しながら朝と夜が分からなくなるのだと言ってきた。私はきっとたくさん寝ているからねと返した。その間もずっと涙が止まらなかった。少し雑談をし、最後に「また電話するから必ず出てね」と伝え電話を切った。

電話が切れても暫く涙が止まらなかった。この電話が最後だったら…と急に不安になったり、いや彼は大丈夫と気持ちを強く持ち直したり、怖くて寂しくて、早くこの恐怖から抜け出したかった。数日前の元気な彼が幻みたいで信じられない。どうしてこんなことになってしまったのか…神様、助けてください。

その後、電話が殆ど繋がらなくなった。ラインはし続けた。私からの電話には必ず返してくれる彼なのに、こんな長い時間、音沙汰無いことに気が気でならなかった。

『何回も電話してるよ』

（数分後）

『心配。なるべく早めに医者に診てもらって。今日、行ってみたら？』

（夕方）

『何回も電話してるよ。どーしたの？　具合はどう？』

ウサギが震え泣いているスタンプを送った。この日はそれっきりで、怖くてたまらなかった。

（一時間後）

日付が変わり、この日も朝から憂鬱で彼のことばかり考えていた。家に籠っていたら気が変になりそうで外へ出た。外へ出ても何も面白くない、歩いているだけで自然と涙が零れ、人に気が付かれないよう涙を急いで拭いた。頭の中は彼一色だった。

夕方、携帯が鳴った。彼だと直ぐに感じた。急いでビデオ電話にして画面にかじりついた。やっと繋がり本当に嬉しくて、彼の顔を見ながら涙が止まらなかった。パジャマ姿の彼は寝床に座って笑顔を作っていた。

「純さん、もう会えなくなっちゃう？」泣きじゃくる私に彼はその質問に答え辛いのか、それとも苦しくて声が出せないのか、小さく頷き苦笑いをするだけだった。「体調はどう？」と聞いても頷くだけ。ぼやける彼の顔を目に焼き付けながら彼にもう一度触れたい、頬と頬を合わせたい、ほんの少しだけでいいからと願った。愛する人が弱ってゆく姿が辛過ぎて、心が乱れてゆく。代われるものなら代わりたい。罪悪感が私を更に苦しめ、彼が逝くのなら私も逝こうと思った。

電話を切ってから溢れる思いをぶつけるようにラインをした。

『早く会いたいよ。元気で強い純一が早く見たいです。私を一人にしないでね。純さんとはまだまだこれからですからね』

彼を失うことが本当に怖かった。私はこの先、どうなってしまうのだろうと、毎日が不安と緊張、恐怖の連続で生きている心地はなかった。

ふと病院のことが気になり、直ぐに電話をしたが繋がらず、代わりにラインで彼の自宅周辺のクリニック情報を送った。

夜十時過ぎに電話が繋がり、いつもの優しい声が懐かしく聞こえた。病院はかかりつけのクリニックに行くと言うので、これで抗生物質を飲めば治ると思った。でも心臓のドキドキは止まらない。

六日のことだろうか、この日は飛び上がるほど嬉しいことがあった。彼に会えたのだ。数日前、彼の自宅郵便受けに〝純さんに渡して下さい〟と封筒に書いた手紙を出したことが功を成した。

約束の時間に行くと、彼が見違えるほど弱々しかった。暖かい格好をして出てくる彼に走り寄った。

「純さん、大丈夫?」会えた安心もあるのか、不思議と涙は出てこなかった。直ぐに彼の腕を持って抱えるようにして歩いた。二人でふざけ合ったり、お酒をコクコクと飲んだり、軽快に自転車を走らせる彼の姿が全く重ならなく、本当に驚いた。渡そうと思って買っておいた体温計と熱さまシートを渡し、そのまま彼の背中に抱き付いた。どうして…心で呟いた。

「ほら、我儘言わないで」彼は言った。

この日が彼に触れた最後の日となった。

家に帰ってから電話をしたけれど、この日から丸一日繋がらなかった。また恐怖の日々が続き、寂しさでなかなか眠りに付けなかった。

夜更けに急に目が覚めた。カーテンを開けると外は暗く、マンションとビルの隙間から夜空が見えた。大粒の涙がボロボロ零れてきた。斜め隣のマンションの明かりが夜空をぼんやりと照らしていた。

「純さん、会いたい…」夜空を見上げながら口ずさんだ。

再びベッドに入っても眠れない。背中を震わせ泣いた。秒針の音が何かが迫ってくるような感覚に陥り、気になってベッドの中でうずくまった。

いつしか眠りに付くと、カーテンの隙間からの零れ陽で目覚めた。ここ数日はスッキリしない朝を迎えていた。

八日の深夜三時頃、送ったラインに既読が付いた。

「純さん、早く会いたい（ハートマーク）」直ぐに電話をしたけれど繋がらない。その後はずっと眠れず、ベッドに横になっているだけだった。また急に目が覚め、ベッドから出て手を合わせ祈った。

「神様、お願いです。もう一度だけ純さんに会わせて下さい。お願いです…」膝が折れ、崩れるように暫くその場で泣き続けた。

朝になってラインをした。

「私、夜泣いている…」これが精一杯だった。

すると奇跡的に電話が繋がった。しかし、それ以降は一切、繋がらなくなった。ラインも朝の八時二十二分の既読を最後に、それから送っても、電話をしても全くだった。

それ以降の日々は緊張の糸がずっと張ったままで気が休まらなかった。居ても立ってても居られなくなり、彼の家に向かった。インターホンを鳴らしても無反応で仕方なく帰った。

約二週後、とうとう私の人生が一変する日がやってきた。

この日は青空に雲が所々にあって、乾いた冷たい空気が肌をピリつかせた。

あまりにも電話が繋がらないことに、再び彼の自宅へ行った。

朝早く家を出て、彼の自宅前で待ち伏せするように待った。すると息子さんが出て来るのが見え、小走りで押し掛けた。

「純さんは?」

「亡くなったよ」

時が止まり、全ての音が消えた。一瞬、クラっとなり、全身の力が抜け倒れそうになった。『嘘でしょ…どうして私を置いて逝っちゃうの。…まだ何も言ってない…』一気に涙がボタボタ零れ落ちた。一人ぼっちになってしまった…。『誰か助けて…』この先の恐怖に怯える一方、神はこんな残酷なことをするのかと、この時ばかりは『ふざけるなっ』ありとあらゆる粗暴な言葉で神を罵倒し、憎んだ。神も仏もないとはこういうことか…。何故、私が…。どうしてこんな目に合わなくてはならないのか。これが天の配剤なのかと、惨過ぎる試練が『もう充分でしょ』とでも言うように私から奪うように彼を連れて逝ってしまった…。こんな別れ方ってある？　酷過ぎる…私が何をしたっていうの…。彼に甘え過ぎていた罰なのかもしれない。それにしても惨たらしい…。

世の中にはもっと酷い人間はいる筈だ。それらの裁きはなされないのかと、当たり散らすように胸内で叫び、憎み、怒りの矛先を天に向けるしかなかった。だけれど、いくら神を詰っても虚しさが残るだけで、後から深い悔恨に包まれるだけだった。

一緒に行くはずだった場所で彼の腕にもたれながら夕陽を見ている光景が何度も巡ったことか。

切り裂かれた心をそのままに頼りない足取りで駅へ向かった。地面がずっと揺れているみたいでまともに立っていられない。重たい脚を引きずり、涙を流しながら建物の壁を伝いヨロヨロと歩いた。心中では念仏のように『彼を返して…お願いだから』と唱え、乱れる心で訴えるように祈った。嗚呼、夢であってほしい…。もう彼は戻ってこないのか…。涙がまた零れてきた。

擦れ違う人の冷ややかな目が突き刺さってきても気にかけることもできなかった。逃げ場を失った武者のように、もう私には繕う余裕もなければ、強がるパワー、隠す気力、周りを気にする余力が全くなかった。受け入れることのできない無念でいっぱいだった。

自宅に着いた。精神がぐちゃぐちゃのまま、何故か急に社交ダンスの先生のことが思い浮かんだ。彼が伝えて欲しいと言っている気がして、慌てて先生の名刺を探し出し、震えながら画面を押した。

彼は律儀な人だから、テレパシーで私に伝えてきたのだと思えてならなかった。

「えっ、…そうだったの…」

「私も…さっき知って…」涙が止まらない。

「貴女、…大丈夫じゃないわよね…。…私も松浦さんとなかなか連絡が取れなくて、何かおかしいと思っていたの……信じられないわ…」

先生もかなりショックを受け、驚きを隠せないでいた。年始にダンスレッスンのことで連絡を取り合っていたらしく、ある日を境に連絡が途絶え、とても心配していたと言う。

それからこんなことも先生から伝えられた。

「松浦さんね、前に神社に行った話をしてくれたのよ。本当、良かったって、楽しそうに話してくれていたわ」

彼が先生に話していたなんて、また涙が零れてきた。あの時は喧嘩もしていたのに、やっぱり彼は私の最愛の人で感謝すべき人。神様はそんな私の唯一の宝物をまるで魚を釣り上げるようにヒョイと連れて逝ってしまった。

後に先生から社交ダンスのレッスンはそれから閉じたと聞いた。

そして直ぐに彼の後を追うことを考えた。彼がいないこの世をどう生きていったらいいのか真っ白で、考えるのが怖かった。それだけ私には何もなく、ぬくぬくと甘えていた精神は貧弱だった。心の中でこの世から消え去りたい、彼のところへ行きたいとばかりが頭から離れなかった。楽になりたい気持ちではなく、彼のところへ行きたいという一心だった。

毎日が呆然自失。頭にあることは私なんか生きてちゃいけないという言葉が駆け巡るばかり。ホームを歩く度、誰か私を突き落としてくれないかと線路側に近付いたり、そのまま落ちてゆこうかと思ったりした。ホームからレールをじっと見詰める目から涙が溢れ、警笛と共に突風が私の頬を打った。

　ある時は道を歩けば、誰か私を刃物で突き刺してくれないか、車が私に突っ込んできてくれないかと、魂が半分抜けたような日々だった。深い愛ゆえに死をも考えるまでに自分が見失ってゆく。自分で死ねない弱さに情けなかったけれど、どうしても彼のところへ行きたかった。ものすごく会いたかった。勿論、今でも…。

　そして、この頃から死への恐れがなくなり、死生観を持つようになった。人生最大の恐怖を味わい、もう怖いものがなくなった。私をどうにでもするがいい、もう失うものなんて何もない。

　それでも悲しみと寂しさで涙は乾ききらなかった。泣き崩れ、熱い涙が零れ落ちる度に許しを得ようとしているのか、寂寥たる思いが込み上げてきた。感情のコントロールが制御不能で思考がまともではなかった。

　食事は人生で初めて喉に通らなかった。少し入れても味気がない。生きる意味が分からなくなってきた。あの時、もっと深刻に受け止めていたらと、自分を責め続ければ攻め続ける程、生きていていいのかと思えてならない。今でも時折そんな思いが脳裏を掠める。でも私は決めた。生きている限り十字架を背負うと。

　四十九日前後のある日。この日も涙しながらベッドに入り、いつしか眠りに付くと、ジェットコースターに彼と乗っている夢を見た。彼は絶叫マシンなんて乗らない人なのに、夢では楽しそうに笑顔だった。一番高いところで一旦、止まると彼は満面の笑みで私の頭を撫で、互いに見詰め合っていた。私はとても嬉しくて彼の目をじっと笑顔で見詰めていた。

するとジェットコースターが急降下し、風を感じた。場面が突然変わると、彼に後光が差し込み、「僕、もう行くからね」と光の階段を指し、向かおうとした。『あっ、行ってしまう』と思った瞬間パッと目が覚めた。彼が伝えにきてくれたのだとベッドの上で涙が零れた。

その時の彼は黒のフェルトハットを少し斜めに被り笑みを浮かべていた。光の方へ行こうとする彼に私は何も言えず、追いかけることも出来ず、ただ彼を見詰めていただけだった。あの光はとても輝いていて、不思議と眩しくなく、彼をしっかりと見ていた。今でも鮮明にこの夢は覚えている。

徐々に無理にでも普段のリズムに戻していった。けれど体が重たく、全ての動きが辛い。彼は私の生き甲斐の一つだったから、それを失うとどうにも神経が鈍くなる。それに直ぐ涙が出てくる有様。粉々に砕け散った心が毎日、悲鳴を上げていた。

そんな最中、ふと〝わかな〟のお父さんとお母さんにも伝えなければと思った。行かない日が続けばきっと心配するだろうし、何も言わないまま店の前を通れば変な気遣いを与えてしまうだろうと。

朝の準備中のドアを引くと、お父さんとお母さんは忙しい手を止めず、暗い表情の私に少し驚いた様子だった。

「？　…。おはよ、こんな朝にどうしたの？」

直ぐに言葉が出てこず、乱れそうな気持を飲み込んでから彼が亡くなったことを伝えた。お父さんとお母さんは体をピクッとさせ驚き、私は我慢していた涙が一気に溢れ出た。色々話した後、お母さんが懐かしむように口を開いた。

「いつもうちの野暮ったい連中を相手してくれて有難う。彼は紳士で良い人だったからね…」

その言葉がとても有難かった。お父さんとお母さんは涙を拭く私に気遣ってくれ、言葉数は少ないながらも一言一言に心がこもっていた。久し振りに人の温かさを感じた。

「時間が掛かるわね」と、語るようにお母さんが言った。お母さんの目を黙ったまま見、流れ続ける涙をそのままに視線を下した。「二年は必要だわね」と、長年の勘のように絶妙な間を空けて言ってきた。

心中、そんなもんじゃないと思った。悪気で言っている訳ではないのは充分に分かっているけれど、時間で区切って欲しくなかった。私が生きている限り彼は私の中にいて、今でも思い出すと謝罪と感謝で幾筋も零れてくるのだから。

それから〝わかな〟の前をわだかまりなく通れたかというと、そうではなく、徐々に気が引け、遠慮するようになっていった。

前を通っていた頃は寂しさを紛らわすように会いに行くと、バナナやジュースを貰って人の優しさに飢えていたのかもしれない。

「頑張んなさいよ。あんまりメソメソしていたら駄目よ」

その都度、涙を流す私に優しく、時には厳しく励ましてくれていた。

しかし徐々に暗い顔を見せるのが辛くなり、迷惑だろうと店の手前で曲がり、裏道に足が向くようになっていった。

たまに気になり久し振りに通った日は、店の前を通る時には足を速め、たとえお父さんとお母さんがこっちに気が付いたとしても心を鬼にして気丈を装い、一切振り向かずに通り過ぎた。きっとお父さんとお母さんなら分かってくれると、これまでの絆を信じた。私の姿を見せることで、せめてもの感謝の印として安心してほしかった。それに、これ以上、自分の寂しさを埋めるために二人には甘えられないと必死に強くなろうとしたこともある。二人の重荷にはなれない、自分が成長できなくなる。様々な戒めが頭に突き刺さってきた。

通り過ぎると、曲がり角で涙が何故だか零れた。

『お父さん、お母さん、ご免なさい…。無視してる訳じゃないからね…』心で呟いた。

いや、本当は優しさに浸りたかった。我慢することで罪の償いをしていたのかもしれない。

　この生き地獄を受け入れ、乗り越えるのは自分自身しかない、そう言い聞かせた。

　こうして通ったり通らなかったりで、その日の気の持ちようで通る道を決めていた。通った日があっても立ち寄ることはなく、徐々に心の距離も離れてゆくみたいだった。だけれど近所ゆえに、たまに出くわした時は精一杯の笑顔を作り演技をした。気の緩みから涙が流れてしまっても最後は明るく手を振り「またね」と言って別れた。今でもお父さんとお母さんにはとても感謝している。

　ある日、前を通ると、店の壁に張り紙が貼られていた。

『八月末で店を閉めることにいたしました。長きに渡り、有難うございました』

　彼が亡くなって約一年半後のことだった。

　彼と関わりのあるものが一つずつ消えてゆくことで物悲しさを感じた。けれど無くなることが終わりではなく、新たな始まりだと彼から伝えられているような気がしている。『ミナミは大丈夫だから前に進みなさい。僕はいつもミナミの傍にいるから』と。

　彼が亡くなった当初は地獄で、数ヶ月は昼夜、泣き通しだった。彼の面影が自然と脳裏に浮かぶ度、目尻から幾筋も静かに零れ、意識が遠のくようだった。まるで幽閉された小窓から外を見るような感覚だった。

そんな中、あの時に芽生えた死生観が再び頭を巡って色々なものを読み漁ってゆくうちに、生きてゆくしかないのだと気が付かされていった。逝ってしまった彼を悲しませないためにも前向きに楽しく過ごしてゆかねばならない。生き抜くしかないのだと…。産まれたての小鹿のように頼りない足をぐらつかせながら地面に力いっぱい押し付けるように、今まで彼に甘え続けていた弱り切った心と傲慢さを切り捨て、転んでもまた自らの力で立たねばと這いつくばった。

それでも彼のいない日々は不安を抱えながらだった。様々なことが何度も心が叩きつけられた。癒えない傷口に塩を擦り込むように世間の厳しい風が突き刺さった。そのお陰で色々なものが見え、分かってきた。そして、生きるということを物凄く考えるようになった。その根底には感謝があり、今までとは違う意識になって芽生え、どんな些細なことにも感謝する気持ちが自然と沸いてくるようになった。人生観が変わったのだ。それも全ては彼のお陰。

私に生きる思想を大きく変えてくれた彼。今更のことでもないけれど、人生でこんなに愛し、信頼をしていたのはたった一人、彼だけ。それは今後も変わらなく、最初で最後。出逢った時は不思議な魅力に印象深く、引き込まれるままにぼやけた思いだった。

　被写体にピントを合わせるように徐々に互いを分かり合うようになり、年月と共に先々の様々なことを自然な流れで思い描いていった。それが突然の強制的な別れによって崩れ、人生が蹂躙された。けれど、これも私の定めだったと思っている。与えられたルート。悲し過ぎるけれど、受け入れると自分が少しだけ強くなった気がする。

　真実の愛を失ったことの引き換えに自らの弱さと生意気さ、傲慢さを知った。これを知った時、本当に情けなかった。そして申し訳なかった。彼の愛の深さに生涯感謝する。それが今の私。

◇エピローグ◇

彼が逝ってから数年が経つ。今でも彼の笑顔や喋り声が脳裏に浮かぶと静かに涙が出てくる。それだけ彼が私の中で染み付いている証。良いか悪いかは別として…。そしてこの本を書くにあたって、彼のラインを数年振りに開いた。今まで怖くて避けていたことだった。案の定、涙がボタボタ落ちた。

彼の残してくれた言葉から、人は一緒にいる時間があまりにも長過ぎると忘れられなくなることも知った。それは時として障害にもなり、幸せでもある。光と闇、幸福と不幸、戦争と平和、孤独と連帯、善と悪、平等と差別…これらは表裏一体。一方だけが存在するなんてあり得ない。太陽があるから月の美しさや必要性が分かり、逆も然り。

彼といた六年が長いか短いかではなく、とても幸せに満ちていた。互いを信じ合い、心の結び付きが確かなものであったから何でも話したし、相談もした。

愛を持って示してくれた彼に私は申し訳ないことをしたと今でも思っている。愛ゆえの苦しみは筆舌に尽くしがたい悲しみとなった。

しかしその悲劇は私の様々な思考を改め、精神を強くするために必要だったと強く感じる。人間の心には天使と悪魔が存在していることを理解し、悩みや葛藤の中で起動修正してゆけばいいと思っている。大切なことは感謝の気持ちを常に持ち、経験と感動を積むこと。人生で起こることには全て意味があるから。

挫折や失敗、敗北は自分を鍛える為に起こっている。小さなエゴが動いている限り大いなるものは手に入らない。しかしエゴとは一生付き合ってゆかなければならない。だからこそ生きてゆく中で様々なことに感謝する気持ち、愛がなければと思う。そのようなことを彼が逝ってしまった後に気付かされ、悲しみとどん底から自分の新たな道が分かってきた。生きること自体、無知を知に変えてゆくことなのだから。

一方、嫉妬や恨みで人を傷つけることも深く知った。それらは己の劣等を見せつけているようなもの。慈愛に満ち、感謝の気持ちを常に持ち合わせている人は相手を傷付け、悲しませるようなことは決してしない。人をうらやむ前にその人の苦労まで欲しいと思うならうらやんでも構わない。

人はどんなに豊かになろうとも真の豊かさや幸福を感じるには人を心から愛し、あらゆることに素直に感謝できることではないだろうか。欲は出過ぎると、いつか人を傷付けてしまいそうな気がする。勿論、この物質的世の中においてお金は大切であるから、単純には区分けることは出来ない。

愛する人の死は悲しみに暮れるけれど、身近なところに死を見た時、自分の人生をしっかりと充実させなさいというメッセージだと受け止める。限りある命を込めて生き抜くことを知ったのだから。絶望の時こそ人生であり、経験と感動を積むチャンスの時だと思う。全て順風満帆な人生なんて有り得なく、人は必ず何かしらの悲しみや苦悩を経験するもの。それがこの世に生まれてくる目的の一つだと思えてならない。

彼はいなくなった訳ではない。少しの間、会えないだけ。私も必ずいつかはあちらへ行く時がくる。幸いにも、私には死への恐れが以前ほどない。突然、死を告げられたら、その時は驚くかもしれないけれど、彼があちらで待っているから、寧ろこの世での修行が終わる喜びと共に楽しみにしたい。その時は彼が買ってくれたカラフルなビジューが散りばめられた白いセーターを着て、駆け足で彼の胸に飛び込んでゆこうと決めている。そして『純さんといた頃と比べると大分強くなったでしょ』と少しばかり成長した私をお披露目したい。

未だ修行半ばにして自身の未熟さと葛藤しながらも、この世を去るまで十字架を背負い生きてゆく。私をあらゆる意味で救ってくれた彼への感謝をいつも心に留めて。世界で一番好きな人、純さん。

彼に出逢わせてくれた神様に感謝するとともに、今も愛する彼に捧げる。

著者プロフィール

相楽 明美（さがら あけみ）

都内在住。東洋大学短期大学卒業。様々な職を経る。彼が逝ってしまい、失意のどん底に落ち人生観が変わる。このことがきっかけで、彼の為に何かを残そうと執筆を始める。

今でも愛してる

2024年11月15日　初版第１刷発行

著　者　相楽 明美
発行者　瓜谷 綱延
発行所　株式会社文芸社
〒160-0022　東京都新宿区新宿1－10－1
電話　03-5369-3060（代表）
03-5369-2299（販売）

印　刷　株式会社文芸社
製本所　株式会社MOTOMURA

ISBN978-4-286-25808-9